Canción de cuna para dos corazones

Debrah Morris

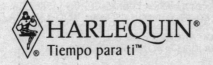

HARLEQUIN®
Tiempo para ti™

NOVELAS CON CORAZÓN

Editado por HARLEQUIN IBÉRICA, S.A.
Moreto, 15
28014 Madrid

I.S.B.N.: 84-396-9375-3
Depósito legal: B-11661-2002
Editor responsable: M. T. Villar
Diseño cubierta: María J. Velasco Juez
Fotomecánica: PREIMPRESIÓN 2000
C/. Matilde Hernández, 34. 28019 Madrid
Impresión y encuadernación: LITOGRAFÍA ROSÉS, S.A.
C/. Energía, 11. 08850 Gavá (Barcelona)
Fecha impresión Argentina:5.3.03
Distribuidor exclusivo para España: LOGISTA
Distribuidor para México: PUBLICACIONES SAYROLS, S.A. DE C.V.
Distribuidores para Argentina: interior, BERTRAN, S.A.C. Vélez
Sársfield, 1950. Cap. Fed./ Buenos Aires y Gran Buenos Aires,
VACCARO SÁNCHEZ y Cía, S.A.
Distribuidor para Chile: DISTRIBUIDORA ALFA, S.A.

Capítulo 1

COMO hacer *puenting* o escalar el Himalaya, hacer un viaje en autocar por todo el país era algo reservado solo para aquellos a los que les gustan las aventuras. Tal esfuerzo no era para miedicas ni para mujeres embarazadas de ocho meses. Como ella entraba en ambas categorías, Ryanne Rieger tenía que preguntarse cómo se le había ocurrido.

Era muy tarde, estaba agotada y, por mucho que se moviera en el estrecho asiento, era imposible acomodar su enorme vientre. Frustrada, se quitó las sandalias. ¿Cuándo habían pasado de calzado *fashion* a instrumentos de tortura?

¿Y cuándo habían cruzado el ecuador? El aire que entraba por la ventanilla era tan refrescante como una manta de lana. Y abanicarse con una bolsa de patatas no podía sustituir un buen sistema de aire acondicionado... que el autocar no tenía.

Ryanne se apartó el pelo de la cara y echó la cabeza hacia atrás, intentando relajarse un poco.

Al menos, sus aspavientos no parecían molestar al hombre que iba a su lado y que no había vuelto a moverse desde que salieron de Arkansas. Debía de sufrir una rara enfermedad que, ante el calor y los traqueteos de una vieja cafetera, producía una extrema relajación. Qué suerte.

–¡Ay! –exclamó Ryanne cuando el bebé empezó a bailar una polca sobre su vejiga–. Por favor, cariño, no te muevas que no puedo más.

Angustiada, miró hacia el fondo del autocar. Era imposible. No podía meterse en aquella especie de armario que llamaban aseo. Aunque pudiera entrar en él, no sería capaz de maniobrar. Se quedaría atascada y tendrían que llamar a la grúa.

Aunque eso podría ser muy divertido para el resto de los pasajeros, ella era una persona muy digna y no pensaba arriesgarse.

Tendría que aguantar un poco más. Podría hacerlo si el niño dejaba de bailotear y no pensaba en líquidos. Estaba imaginando un paisaje desértico cuando alguien abrió un bote de salchichas. El olor, mezclado con el de la colonia del pasajero que iba detrás, llegó a su nariz. Ah, *eau de autocar*, un aroma capaz de alterar la estructura genética de cualquier ser humano... e incluso de paralizar el proceso democrático.

Ryanne tuvo que ponerse la mano en la boca para evitar una náusea. En ese momento, todo se le vino encima. Estaba embarazada, sola y no tenía un céntimo. Y de vuelta a Brushy Creek.

Lo único que le faltaba era una náusea.

Había salido de su casa el día que se graduó en el instituto, convencida de que pronto sería la estrella más rutilante de Nashville. Tenía muchos planes: se convertiría en la mejor cantante de country, ganaría un Grammy...

Qué equivocada estaba.

Cinco años de dura experiencia le habían ense-
ñado que la vida tiene mil formas de hundir a la
gente y destrozar sus sueños. Ya no le quedaban
muchos, pero abandonaría hasta el último de ellos
solo por salir de aquel autocar.

Lo antes posible.

—¿Cuánto falta para Brushy Creek? —le preguntó
al conductor.

—Es la próxima parada, señora —contestó el
hombre, tomando una oscura carretera vecinal.

Brushy Creek, Oklahoma, 983 habitantes.
Cuando salió de allí era un pueblo grande. ¿Qué
había pasado? ¿Se había convertido en un pueblo
fantasma? ¿Dónde estaban las luces, la gente?

Y, sobre todo, ¿dónde había un cuarto de baño?

Poco después, se abría la puerta del autocar.
Ryanne bajó la funda del violín y buscó sus sandalias con el pie.

Aquellas sandalias tan caras y que tanto se parecían a su ex marido. Como a él, las había llevado a
casa por impulso aunque nunca le quedaron bien y
habían terminado por hacerle mucho daño.

—Señora, si esta es su parada baje de una vez —le
espetó el conductor, que estaba esperándola con el
portaequipajes abierto—. Tengo que cumplir un itinerario.

—¡Ya voy! —exclamó Ryanne.

A la porra las sandalias. Iría descalza.

Mientras bajaba la funda del violín echó un último vistazo a su compañero de asiento. Seguía sin
cambiar de postura.

–¿Estas son sus maletas? –le preguntó el conductor desde abajo.

–Sí, gracias –contestó ella, sujetándose a la puerta–. Ya sé que tiene que cumplir un itinerario, pero yo que usted comprobaría el pulso de mi compañero de asiento. Lleva más de dos horas sin moverse.

Cuando bajó del autocar, sin darse cuenta pisó un chicle enorme y pegajoso. Debía haber un sitio especial en el infierno para los que tiran chicle al suelo, pensó.

–Sí, vale –murmuró el conductor, sin hacerle ni caso.

Un segundo después, el hombre volvía a subir al autocar y arrancaba sin más miramientos. De repente, Ryanne sintió que algo tiraba de ella y oyó un ruido de tela rasgada...

¡El miserable había arrancado llevándose enganchado en la puerta un trozo de su vestido pre–mamá!

¿Qué más podía pasarle? ¿Un rayo que la fulminase? ¿Una tormenta de granizo?

Entonces recordó las palabras de Birdie Hedgepath, su madre adoptiva: «Si no te ríes ante los golpes de la vida, solo podrás ponerte a llorar».

Pero mejor sería no reír demasiado antes de encontrar un cuarto de baño.

Ryanne miró alrededor. Todo estaba a oscuras y no había ningún edificio. Lo único que podía hacer era meterse entre los arbustos y esperar que no le ocurriera nada más.

–¿Necesita ayuda? –escuchó una voz entonces.

Un hombre apareció entre las sombras. Tenía los hombros anchos y las piernas largas. Iba vestido como la noche: camisa oscura, pantalones oscuros, sombrero negro.

Un vaquero.

No podía verlo bien, pero tenía cara de guasa. Lo que le faltaba.

—Pues sí, necesito ayuda.

—Y que lo diga.

—¿Le hace gracia? Pues le garantizo que a mí, no. Llevo dos días en un autocar sin aire acondicionado. Estoy agotada, muerta de calor y, como puede ver, muy embarazada. He perdido las sandalias, pero da igual; ya no podía ponérmelas porque tengo los pies hinchados y retengo líquido suficiente como para regar todos los campos de Oklahoma. ¿Eso le hace gracia?

—Sí, señora.

El idiota ni siquiera tenía educación como para disimular la risa. Y eso fue la gota que colmó el vaso.

—Pues a mí, ninguna. ¡Acabo de pisar un chicle del tamaño de una boñiga de vaca!

—Déjeme ver.

De repente, el tono del hombre había cambiado y Ryanne lo miró, sorprendida.

—¿Qué?

—Deme el pie.

En otras circunstancias nunca habría obedecido, pero aquel viaje en autocar estaba probando ser el más surrealista que había hecho en toda su vida.

El extraño en cuestión se sacó un pañuelo del

bolsillo y tomó su pie para limpiarle el chicle. Ryanne tuvo que sujetarse a su brazo para no perder el equilibrio y, al notar el trasero del hombre apoyado en su vientre, sintió un calor que no tenía nada que ver con la temperatura ambiente.

–Ya está.

–¿Me ha quitado el chicle? –preguntó ella, atónita.

–Sí.

–Gracias.

–De nada.

Ryanne lanzó un gemido cuando su bebé volvió a hacer un zapateado.

–Tengo que advertirle que si no encuentro un baño pronto, no soy responsable de lo que pase.

–¿Puedo ayudarla?

–Lo dudo –suspiró ella. En ese momento una nube se apartó y, a la luz de la luna, pudo ver el rostro del vaquero. Estaba sonriendo y no parecía peligroso–. Vamos, no se quede ahí parado.

–¿Qué espera que haga?

–No lo sé. Cuide de mis maletas mientras yo me meto entre esos arbustos. Y le advierto que no hay nada que merezca la pena robar.

–No pensaba hacerlo, señora.

–Por si acaso.

Ryanne se metió entre los arbustos, mascullando maldiciones. Temía pisar alguna serpiente, pero en lo que realmente pensaba era en el sonriente vaquero de frases cortas. Le resultaba familiar. Pero no le hacía gracia que estuviera esperando al otro lado de los arbustos mientras ella se dedicaba a asuntos... de naturaleza muy personal.

Tom Hunnicutt no estaba interesado en las maletas de la mujer. Pero, como alguien incapaz de apartar la mirada de un accidente, se sentía fascinado por ella.

A pesar de su actitud, de su coleta despeinada y de los pies descalzos, era la chica más guapa que había visto en toda su vida. Aunque no fuera precisamente simpática.

¿Quién era y qué estaba haciendo allí? ¿Y por qué había bajado del autocar en medio de la noche? Esas eran preguntas normales, pero lo que realmente le preocupaba era cómo una mujer tan pequeña podía tener un vientre tan grande. Debía de estar esperando gemelos.

—¿Tiene un teléfono, vaquero? —le preguntó «Miss Simpatía».

—Sí, señora.

—No me llame «señora» —replicó ella, alargando la mano.

Tom, sin saber qué hacer, fue a estrecharla, pero ella le dio un manotazo.

—¡El teléfono!

—No lo llevo conmigo. Está en casa.

La expresión de la joven se volvió, si eso era posible, aún más antipática.

—Vamos a ver... ¿Hay algún teléfono por aquí? —le preguntó, como si hablase con un retrasado.

Tom se enfadó entonces. Había límites incluso para un buen samaritano como él. No era un ladrón y tampoco un imbécil, pero si aquella chica quería un tonto, le daría un tonto.

—Pues no sé, señora. Casi todo el mundo en

Brushy Creek tiene teléfono hoy en día. También tenemos electricidad –contestó, quitándose el sombrero y rascándose la cabeza–. Menos Possum Corn, que no cree en esas cosas modernas.

Ryanne hizo una mueca.

–Lo siento, no quería insultarlo.

–Ya, claro.

–No, en serio. Perdone. Es que...

–¿Ha tenido un mal día?

–Un mal año, pero en fin... Empecemos de nuevo. Soy Ryanne Rieger –sonrió ella entonces.

Tom dio un paso adelante.

–¿En serio? ¿Tú eres la pequeña Ryanne? –sonrió, tuteándola.

Ella se dio un golpecito en el vientre.

–No tan pequeña.

–Birdie dijo hace poco que la chiquitaja volvía a casa.

Su salida de Brushy Creek había sido comentada por todo el pueblo. No mucha gente se marchaba de allí para buscarse la vida en la gran ciudad.

–Hace años que nadie me llama así. ¿Conoces a Birdie?

–En Brushy Creek todo el mundo se conoce.

–La gente sigue metiéndose donde no los llaman, ¿verdad?

–Claro.

–¿Y qué más sabes de mí?

–Birdie me contó... que habías tenido ciertas dificultades.

Ryanne levantó los brazos.

–Estupendo. Ahora dime que todo el pueblo sabe que mi matrimonio y mi carrera se han ido a la porra.

Tom intentó no sonreír.

–Puede que Possum Corn no lo sepa. Él no tiene teléfono.

–Muy gracioso.

–Hay una cosa que Birdie no le ha contado a nadie.

–¿Mi talla de pecho?

Él negó con la cabeza.

–No me había dicho que estuvieras esperando un niño. Es una sorpresa enorme.

–Enorme, desde luego.

Tom arrugó el ceño. Un minuto antes estaba insoportable y en aquel momento, parecía a punto de ponerse a llorar.

–¿No te acuerdas de mí? Soy Tom Hunnicutt.

Ryanne se puso de puntillas para verle la cara.

–¿Tom Hunnicutt? No puedo creerlo... ¡Pero si estaba loca por ti!

–¿Ah, sí?

La inesperada confesión no debería haberlo sorprendido. Aquella chica parecía decir lo primero que se le pasaba por la cabeza.

–Bueno, yo y todas las chicas del pueblo. Estaba tan enamorada de ti que quise pedirte en matrimonio.

–¿Y por qué no lo hiciste?

–Porque saqué muy malas notas y Birdie me castigó sin salir. Decía que si uno no sabe hacer cuentas no puede casarse.

Tom soltó una carcajada.

—¿Cuántos años tenías entonces?

—Doce. Y tú ya salías con una chica. Algo que decepcionó amargamente a toda la población femenina de Brushy Creek.

—Creo que exageras —sonrió él.

Nunca se percató de aquel ataque de fervor adolescente. De hecho, solo había habido un amor en toda su vida.

—Tenías una novia. ¿Cómo se llamaba?

—Mariclare Turner.

No podía decir aquel nombre sin que se le encogiera el corazón. Había perdido a la mujer de su vida porque pensó que sus sueños eran suficiente para ella. Nunca se le ocurrió pensar que Mariclare tuviera sus propios sueños.

—Ah, es verdad, Mariclare, la del pelo ideal. La teníamos una manía... ¿Sigues en el rodeo?

—No, ya no. El verano pasado sufrí un accidente y he tenido que dejarlo.

—Lo siento.

—Ya.

No era de buena educación quedarse mirando su vientre, pero era tan grande que Tom no podía apartar los ojos. Entonces decidió mirar hacia abajo. Sus pies desnudos le parecían una buena alternativa. Mejor eso que el ombligo que se marcaba bajo la tela del vestido y los pechos hinchados que sobresalían del escote. Ryanne parecía una diosa de la fertilidad y eso lo hacía sentir incómodo.

—¿Tu padre sigue teniendo la tienda?

Él seguía mirando sus pies. Eran diminutos, como los de una niña. Parecía imposible que pudieran soportar aquel peso.

—Sí. Lo operaron del corazón hace un año, pero sigue trabajando —contestó, mostrándole una llave—. Podrías haber entrado en el baño de la tienda.

Ryanne levantó los ojos al cielo.

—¿Y ahora me lo dices?

—Iba a hacerlo, pero estabas tan decidida a meterte conmigo...

—Qué bocazas soy. ¿Me perdonas?

Era difícil no hacerlo. Con aquella sonrisa de mil vatios, tenía un encanto irresistible.

—Claro que sí.

—Podría usar el teléfono de la tienda para llamar a Birdie. No sabe que estoy aquí.

—Es más de medianoche. Si quieres, yo puedo llevarte a casa.

—¿De verdad?

—Claro que sí. Aún no he hecho mi buena obra del día —sonrió él, tomando las maletas.

Capítulo 2

LOS FAROS de la furgoneta iluminaban la carretera, atravesada de cuando en cuando por algún mapache despistado. En el pueblo todas las luces estaban apagadas porque los buenos granjeros se acuestan antes de las nueve para levantarse al amanecer.

–¿Vas cómoda?

–Como llevo días sin sentarme... –replicó Ryanne, irónica

Era una chica llena de desparpajo a pesar de su situación. Una de esas personas que pueden con todo, pensó Tom.

–Enseguida llegamos, no te preocupes.

–¿Has viajado alguna vez en autocar?

–Cuando iba al colegio.

–No, eso no cuenta.

Tom la miró de reojo. A pesar de su lengua afilada, parecía muy joven. Y que hubiera hecho aquel largo viaje embarazada de ocho meses despertaba en él sentimientos que creía olvidados. ¿Cuándo fue la última vez que intentó acercarse a una mujer? ¿Y por qué se sentía tentado con aquella cría?

Poco después llegaban a las colinas. El Departamento de Turismo llamaba a aquella parte de Oklahoma «el estado verde». Y era cierto. Él había viajado por todo el país, incluso por Canadá, pero una vez retirado del rodeo decidió volver a Brushy Creek, el precioso pueblo que lo vio nacer.

Había comprado una finca de ochenta acres al sur del pueblo en la que pensaba construir su casa. Una de esas cabañas de madera, como las que había en Colorado. Pensó entonces que sería la casa ideal para Mariclare... y para sus hijos.

También había pensado criar caballos de raza. Algún día.

Sin fecha fija. Pero «algún día» era, en sus sueños, cuando hubiera ganado lo suficiente. Cuando hubiera dejado el rodeo del todo, cuando pudiera retirarse del circuito sin mirar atrás.

Fue un gravísimo error postergar sus sueños hasta que todo había desaparecido. El rodeo, Mariclare, los niños... todo. Debería haberlo visto venir.

Mariclare le pidió que dejara ese trabajo, pero él no quiso hacerlo. Y como eligió el rodeo en lugar del matrimonio, un semental furioso eligió por él. Durante diez años no había tenido más que arañazos y, de repente, un caballo lo echaba del circuito para siempre: conmoción cerebral, tres vértebras rotas, dos fracturas imposibles de recuperar, varias operaciones, semanas en rehabilitación, meses de escayolas y muletas... Cientos de pastillas para soportar el dolor.

En un año consiguió recuperarse por fuera. Pero por dentro nunca podría hacerlo. Algo se había roto para siempre.

Estaban los dos perdidos en sus pensamientos y Ryanne lo miró de reojo.

Tenía doce años la última vez que vio a Tom; el día que él se marchó a Nuevo México para trabajar como profesional del rodeo. Estaba orgulloso y sus padres también. Todo el pueblo estaba orgulloso del chico de los Hunnicutt.

Entonces era un chico alto y flaco. Con treinta años, el mentón cuadrado y la nariz recta, se había convertido en un hombre de cine. No podía ver sus ojos, pero recordaba que eran muy oscuros. Una sonrisa traviesa y un hoyito en la mejilla completaban un atractivo paquete.

Ryanne estaba embaraza de ocho meses, pero no estaba muerta. Sus receptores de feromonas seguían vivos y capaces de encender una lucecita de alarma.

Pero había tomado una decisión durante el tormentoso viaje en autocar: no necesitaba un hombre en su vida. Tenía que aprender a vivir sola. De modo que cualquier indicio de atracción por el sexo opuesto debía ser aplastado. Los hombres no daban más que problemas.

Dejarse llevar por un arrebato era lo que la había conducido a aquella situación. Y sería mejor que lo recordase.

–¿Qué hacías en la tienda a estas horas?

–He traído unos sulfatos de Tulsa. Y cuando te vi en la acera, como perdida, pensé que debía echarte una mano.

–¿Siempre ayudas a las damiselas en apuros? –sonrió Ryanne.

–No. Pero tú parecías tener más apuros que la mayoría de las damiselas que conozco.

Y Tom Hunnicutt tenía una sonrisa matadora, que ella ignoraría junto con el mentón cuadrado y todo lo demás. Menos mal que estaba embarazada y él salía con la chica «del pelo L'Oreal».

En ese momento, la furgoneta se metió en un bache y Ryanne tuvo que sujetarse al asiento.

–¡Ay!

–Perdona, no había visto el bache.

–¿Preparado para ayudarme a dar a luz, vaquero?

–¿No estarás...?

–No, pero como vuelvas a meterte en un bache, no sé yo –lo interrumpió Ryanne. Pero tuvo que sonreír al ver su expresión angustiada–. Menos mal que los hombres no tienen que dar a luz. Si fuera así, la raza humana se habría extinguido.

–Si los hombres tuvieran niños habrían inventado una forma menos dolorosa de hacerlo –rio Tom.

–Que fuera algo muy cortito –sonrió ella.

–Y que no fuera tan... horrible.

–¿Has visto algún parto?

–Solo los de las yeguas.

En ese momento, los faros de la furgoneta iluminaron un cervatillo en medio de la carretera y Tom pisó el freno para no atropellarlo.

–Hace mucho tiempo que no veía un cervatillo –murmuró Ryanne, pensativa.

La visión de aquel animal tan hermoso le hacía creer que no todo en la vida era horrible.

—Háblame de Nashville —dijo Tom entonces—. Al año siguiente de marcharte, vine al pueblo y mi padre estaba lloriqueando porque su camarera favorita había decidido hacerse famosa en el mundo de la música country.

—Mis planes no salieron tan bien como yo esperaba.

—¿Eres cantante?

A Ryanne le dolió la pregunta. Aparentemente, Tom Hunnicutt no había prestado mucha atención a los comentarios sobre ella.

—Canto y toco el violín —contestó, intentando no mostrar su irritación—. Y compongo canciones.

—¿Conseguiste algún éxito?

Ella se pasó la mano por el vientre.

—Me temo que no. No vi que la piscina estaba vacía antes de tirarme.

—No estabas hecha.

—¿Cómo?

—Mi padre dijo que no estabas hecha cuando te fuiste de aquí.

—Recuérdame que le dé las gracias por su confianza —sonrió Ryanne.

Pero era cierto. Se había marchado de Brushy Creek cuando era una cría, sin conocer el mundo.

—No lo tomes como algo personal. Es que estaba triste por haber perdido a su camarera favorita.

—Ser camarera nunca ha sido el objetivo de mi vida. Aunque, tal y como están las cosas, ahora mismo no puedo descartarlo.

—No tuviste suerte en Nashville, ¿eh?

–Lo de la suerte es algo relativo. Si a los músicos les pagaran por hacer audiciones, sería rica. Aunque estuve cerca de conseguirlo varias veces.

–Por lo que veo, muy cerca –sonrió Tom.

–Me refería a conseguir un contrato –replicó Ryanne. No le hacía ninguna gracia que el vaquero se pusiera irónico.

–Ya veo.

–¿Qué es lo que ves? ¿Una chica embarazada arrastrando su fracaso? –exclamó ella entonces, enfadada.

–Pensé que habías vuelto a casa para estar con Birdie. Por el niño.

Entonces, sin que pudiera evitarlo, los ojos de Ryanne se llenaron de lágrimas. Habían sido seis meses horribles, seguidos de dos días de auténtica tortura.

–Pues sí. Estoy sin un céntimo y mi marido me ha dejado. Así que vengo para estar con ella –murmuró, intentando controlarse–. ¿Te ha contado que me despidieron porque los vestidos de camarera no le quedan bien a una mujer embarazada de ocho meses? ¿O que me echaron del hostal porque llevaba tres semanas sin pagar? ¿O que el banco me quitó el coche? Si no pudiera venir a casa de Birdie, tendría a mi hijo en la calle...

Ryanne se enfadó consigo misma. Ella no era de las que se dejan llevar por la autocompasión, ni de las que cargan a los demás con sus problemas. Eran las hormonas lo que la estaba volviendo loca.

Tom no dijo nada. Pobrecillo. Él no tenía la culpa. Solo estaba intentando echarle una mano.

Pero se sentía un poco mejor después de soltar aquello.

—Así que ya lo sabes. Soy un fracaso, ¿qué se le va a hacer? Y encima, embarazada.

Tom siguió mirando la carretera. No quería ver el rostro de Ryanne. No quería volver la cara y ver a una cría deshecha en lágrimas.

—Yo no creo que seas un fracaso.

—Estoy divorciada, sin un céntimo, sin trabajo y sin casa. Que yo sepa, eso no es tener éxito en la vida.

—Lo has intentado, ¿no? El fracaso es no arriesgarse —dijo él entonces—. Tus sueños no se han hecho realidad... pues nada, tendrás que volver a intentarlo.

Ryanne se echó hacia atrás, con los brazos cruzados sobre el vientre.

—No estoy de humor para consejitos.

—¿No? Pues eres la embarazada con más desparpajo que he visto en mi vida.

Ella sonrió, sin mucha alegría.

—¿La embarazada con más desparpajo? Qué simpático.

—Podrías crear una asociación de chicas embarazadas —dijo Tom, sin dejar de mirar la carretera.

—Para enseñarles a tener «desparpajo», ¿no? Mira, eso podría valer para una canción: «Solo me queda desparpajo, pero con eso no me como... un ajo». ¿Qué te parece?

Tom sonrió en la oscuridad. Afortunadamente, Ryanne tenía sentido del humor. Le haría falta.

—Muy simpática.

—O esto: «No tengo marido, no tengo hogar, pero voy a tener un niño... qué felicidad».

—Suena tan horrible que podría ser un éxito —sonrió él. En el fondo, era divertida. Bromear en su situación es algo que no todo el mundo puede hacer.

—¿Tú crees?

—Si además se te hubiera muerto el perro, sería perfecta.

—Me lo pensaré.

Unos minutos después, Tom se volvió para mirarla.

—¿Te encuentras mejor?

—Sí. Se me había olvidado que descargar los problemas con alguien es bueno.

Pues si Ryanne quería un hombro sobre el que llorar, había elegido el hombro equivocado. Según Mariclare, él era incapaz de escuchar. Estaba demasiado interesado en sí mismo como para preocuparse por los demás. ¿Cómo lo había llamado? Ah, sí: «egoísta hijo de perra».

Aquella acusación lo había llegado a lo más hondo. Sabía que Mariclare tenía sus razones para decirlo, pero no podía congeniar aquella descripción con el hombre al que veía cada mañana en el espejo.

Tom intentó dejar de pensar en ello concentrándose de nuevo en la carretera mientras Ryanne tarareaba una canción.

–No sé qué me ha pasado antes, cuando te hablé tan mal. O era un ataque de locura temporal o el autocar me ha reblandecido el cerebro.

–Yo creo que solo querías soltar la rabia.

–¿Tú crees? Pues yo no soy ninguna histérica. Normalmente, soy una persona muy sensata.

–Ya, bueno... Mira, estamos llegando a tu casa.

–Mi casa. No sabes lo que eso significa para mí.

Tom sí lo sabía. Él también había vuelto a casa para lamerse las heridas. Para buscar el calor de su familia, para volver a ser el buen chico que siempre había sido.

–Eso es algo que solo se aprecia cuando se ha perdido.

–Una frase muy poética para un vaquero –dijo Ryanne entonces.

Se alegró de que estuviera más calmada. Él no estaba como para solucionar problemas emocionales. Con un futuro incierto, no podía involucrarse en la vida de nadie.

Especialmente en la vida de una chica embarazada y sola que parecía a punto de dar a luz o de sufrir un ataque de nervios.

En su corazón, aquel espacio vacío desde que Mariclare lo abandonó, Tom sabía que Ryanne necesitaba que alguien le dijera: «todo va a salir bien, ya lo verás». Pero entender el problema e involucrarse en él eran dos cosas muy distintas.

Y no pensaba presentarse voluntario, desde luego. Ya tenía suficientes problemas como para dejar que alguien se le metiera en el corazón.

En ese momento, ella dejó escapar un gemido.

—¿Ahora qué pasa?

Ryanne se dio un golpecito en el vientre.

—Tom Hunnicutt, te presento al próximo Nureyev.

Capítulo 3

LA CASA de Birdie Hedgepath en la colina Persimmon estaba escondida entre robles y pinos. Un farolillo entre la casa y el granero iluminaba el pequeño jardín, lleno de petunias.

Todo estaba como Ryanne lo recordaba. Las ventanas pintadas de blanco, gallinas y pollos de escayola alrededor de las flores, flamencos de plástico rosa a la entrada... Desde luego, su madrastra era muy imaginativa.

La brisa movía el viejo balancín del porche y el chirrido de las cadenas la devolvió a la infancia. Noches de verano, coca-colas frías, Birdie y sus discusiones sobre la vida...

Nada había cambiado. El aire nocturno estaba lleno de insectos, las ranas croaban en un estanque cercano... Incluso Froggy, el viejo perro de su madrastra, estaba tumbado en el porche, como siempre. Y, como siempre, casi ni los miró. El animal sabía que no eran un peligro.

Ryanne respiró profundamente. Olía de maravilla. Casi había olvidado el aroma de los árboles, de la hierba...

En su búsqueda de fama y dinero, dejó a un lado los tesoros de su infancia. Pensaba que volver a

casa era ir para atrás, que volver al pasado era perderse el futuro.

Estaba equivocada. La colina Persimmon no era
el final del camino. Era un lugar para descansar
mientras reparaba las consecuencias de un mal paso.
Su vida era un desastre, pero allí estaría segura.

El hogar es la canción más sentimental de todas.

Tom sacó las maletas y las dejó en el porche.

—¿Has llamado?

—No. Estaba... recordando.

—Vamos a darle una sorpresa a Birdie.

Tom llamó a la puerta y, poco después, una mujer mayor salió al porche con cara de sueño.

La sangre india de Birdie podía verse clara-
mente en sus pómulos altos y en los ojos negros
como la noche. Ella y su difunto marido, Swimmer, no habían tenido hijos. Y si no hubieran aco-
gido a Ryanne cuando su madre murió, habría tenido que ir a un orfanato.

Birdie no era una mujer frágil, todo lo contrario.
Tenía los hombros anchos, las piernas fuertes y los
pies apoyados firmemente en el suelo. Llevaba el
pelo corto, gris, sin tintes que lo disimularan. Pero
su auténtica fuerza estaba en el ingenio y el sentido
del humor. Todo el mundo la quería en Brushy
Creek.

—¡Tom! ¿Qué haces aquí a estas horas?

—Te he traído algo que he encontrado en el pueblo —sonrió él, dando un paso atrás.

—¡Me has traído a mi niña! —exclamó Birdie,
abriendo los brazos—. Cariño, dame un abrazo
ahora mismo.

–Te he echado de menos, tía Birdie –murmuró Ryanne, con los ojos llenos de lágrimas–. No sé por qué no he vuelto antes.

–No sabes cuánto me alegro, hija. Deja que te mire... Ay, Dios mío, ¿te has tragado una sandía?

–Algo así –rio ella–. Hueles como siempre, tía Birdie. A lilas y a beicon.

Su madrastra la miró de arriba abajo.

–¿Qué le has hecho a mi niña, Tom? ¿La has traído arrastrando por toda la carretera?

Ryanne soltó una carcajada.

–Es una historia muy larga.

–Estupendo, tengo ganas de escuchar una buena historia. Tom, trae las maletas, yo voy a hacer café. Creo que hay un trozo de pastel en alguna parte.

Él dejó las maletas en el pasillo, pero declinó la oferta.

–Gracias, pero tengo que irme a casa. Además, tenéis muchas cosas que contaros.

–Muy bien. Pero pásate por el café y te invitaré a un pastel de moras de los que te gustan tanto.

–De acuerdo. Adiós, Ryanne –sonrió Tom, tocándose el sombrero.

–Gracias por todo. Y perdona si he sido un poco... antipática. En condiciones normales, soy muy agradable.

Él sintió un inexplicable deseo de acariciar su cara, pero se limitó a darle un golpecito en la nariz.

–No pasa nada.

–Buenas noches –dijo Ryanne entonces, aunque no parecía querer despedirse.

O quizá era Tom quien no quería hacerlo.

—Buenas noches, chiquitaja. Cuida de Nureyev.

Cuando el gallo empezó a cantar, Ryanne y Birdie seguían charlando. Pero nada había cambiado en Brushy Creek, de modo que era Ryanne quien no paraba de hablar.

Pero, para no hacer sufrir a su madrastra, decidió no contar los detalles sórdidos de su matrimonio. Solo le dijo que, tras un arrebato de pasión, se casó con un hombre del que, poco después, se había separado.

Charlaron sobre muchas cosas pero, sobre todo, hablaron del niño. Entre las dos hicieron miles de planes.

Después de desayunar, Birdie se vistió para abrir el café.

—Iré contigo —dijo Ryanne—. Quiero ganarme la comida y ya sabes que soy una camarera estupenda.

Su madrastra, que se había puesto un uniforme blanco con mandil de cuadros, se inclinó para atarse las zapatillas.

—No, cariño, tú te quedas aquí. Tienes que descansar. Date un baño y después, a la cama. ¿Me oyes?

—Vale. La verdad es que estoy cansada.

—¿Cansada? Pareces deshecha.

—Sí, es verdad —suspiró Ryanne, limpiando la mesa.

Birdie le dio un beso en la mejilla.

–Pero me alegro mucho de que estés aquí.

–Tom debe de haber pensado que soy una borde. Seguramente, le ha contado a su mujer que encontró un gato salvaje en la parada del autobús.

–¿Su mujer? Pero si no está casado.

¿No se había casado con la chica «del pelo L'O-real»?

–¿Y qué pasó con Mariclare? Pensé que ya tendrían varios niños.

–Ella lo dejó el año pasado. Junior Hunnicutt me contó que cortaron cuando Tom estaba en el hospital.

–¿En el hospital?

–Un caballo lo dejó hecho polvo.

Ryanne la miró, pensativa.

–Pero llevaban años saliendo juntos, ¿no?

–Desde el instituto –suspiró Birdie–. Cuando se separaron, nos quedamos todos de piedra. ¿No te lo ha contado él?

–Tom no es precisamente muy hablador.

–No, es verdad. La gente del rodeo es muy parca en palabras. No suelen hablar de sus problemas –asintió su madrastra–. Los vaqueros aprenden a ignorar el dolor físico porque se acostumbran a él. Y hacen lo mismo con las penas que llevan dentro.

–No creo que eso sea muy sano.

–¿Y subirse a un semental rabioso te parece sano?

–No, claro.

–Cuando Tom volvió a casa, estaba deshecho. En cuerpo y en espíritu. El pobre debió de pasarlo fatal, pero intentaba disimular. Recuerdo que, cuando lo vi, me pareció que había perdido el alma.

–Tom Hunnicutt es un chico muy fuerte.

–Y testarudo –añadió Birdie–. Puede que tú seas buena para él.

Ryanne sonrió. Había olvidado cuánto le gustaba a su madrastra hacer de celestina.

–¿Y eso?

–Tom tiene que seguir adelante con su vida y tú estás más llena de vida que nadie. Ahora sobre todo.

–No tengo ganas de novios, tía Birdie.

–¿No puedes ser amiga de un hombre que necesita compañía? –le preguntó su madrastra, con exagerada inocencia.

A Ryanne le iría bien un amigo, pero no estaba buscando pareja porque sufría en carne propia las consecuencias de enamorarse sin conocer a alguien de verdad. A partir de entonces, pensaba ir muy despacio con todo.

–Lo de ser amigos suena bien.

Sin saber por qué, se alegraba de que Mariclare, «la del pelo L'Oreal», no hubiera resultado ser perfecta. Si las parejas de toda la vida no pueden permanecer juntas, una relación como la que ella tuvo con su ex marido estaba, desde luego, destinada al fracaso.

Eso hizo que se sintiera mucho mejor e incluso tarareó una canción mientras fregaba los platos.

–¿Ryanne?

–¿Sí?

–¿Has oído lo que he dicho?

–No, perdona. Estaba pensando...

Birdie sonrió.

–No pasa nada, cariño. Tú sigue pensando en él todo lo que quieras.

–¿Cómo?

–Nada, nada –contestó su madrastra, dejando una llave sobre la mesa–. Ven a comer al café conmigo. Aquí te dejo la llave del jeep.

–No, llévatelo tú. Yo iré en la furgoneta.

–¿En ese cacharro? Pero si no tiene aire acondicionado...

–No importa, estoy acostumbrada. Quiero dar una vuelta en la furgoneta para recordar los buenos tiempos.

–¿Segura?

Ryanne asintió y Birdie se encogió de hombros.

–Lo que tú digas.

–¿Vas a decirle a la gente que he vuelto?

–¿Por qué? ¿Piensas morder a alguien?

–Ya sabes a qué me refiero –contestó ella, tocándose el vientre.

Según Tom, Birdie no le había contado a nadie que estaba embarazada. Cuando le dio la noticia le pareció que la hacía feliz, pero quizá desaprobaba que fuera a tener un niño sin padre.

–Mi Ryanne va a tener un hijo –sonrió su madrastra–. Si tú quieres contar algo más... Yo tengo mucho trabajo en el café y poco tiempo para cotilleos.

En Brushy Creek no había radio ni periódico local; solo estaba el café de Birdie, donde iba todo el mundo a buscar información. Y a comer pollo frito y pastel de mora.

Sonriendo, Ryanne llenó la bañera. Afortunadamente, Nureyev... no, estaba empezando a pensar que no era Nureyev sino una Pavlova lo que tenía dentro. En fin, su bailarina cooperó y después del baño pudo dormir durante ocho horas seguidas.

Cuando despertó, estaba muy relajada y alegre. Mientras se vestía se preguntó si Tom Hunnicutt pasaría por el café. ¿Quería verlo? Que no estuviera casado no cambiaba nada... ¿o sí?

La respuesta era negativa. En aquel momento, tenía demasiadas cosas de las que preocuparse. Necesitaba un hombre en su vida como un tiro en la cabeza. Además, no pensaba dejar que las emociones dirigiesen su vida. A partir de aquel momento, solo sentido común.

Lo de no tropezar dos veces en la misma piedra tenía que ser cierto. Un matrimonio apresurado era más que suficiente.

Sin embargo, no podía negar el cosquilleo que sintió cuando él le dio un golpecito en la nariz. Pero seguramente era porque estuvo enamorada de él con doce años. Con doce años... un siglo atrás.

Quizá no quería impresionar ni a Tom ni a nadie, pero Ryanne se arregló con mucho cuidado aquel día. Estaba harta de parecer un globo. Además, muchos amigos pasarían por el café para ver cómo la había tratado la vida y quería tener el mejor aspecto posible.

En aquel estado del embarazo no era precisamente fácil ponerse guapa, de modo que eligió el único vestido que no parecía diseñado por un fabricante de tiendas de campaña. Era de algodón, beige y se sujetaba a los hombros con unas tiritas de raso del mismo color.

Para alejar la atención de su voluminoso vientre, se puso un collar de plata a juego con unos pendientes... aunque era como intentar camuflar un elefante con un paño de cocina. Después, se puso unos zuecos de piel marrón que no le hacían daño y observó el resultado frente al espejo.

No estaba mal para ser una elefanta.

No volvía de una victoriosa gira por Europa, pero tenía su orgullo. Ya no era una huerfanita. Y tampoco era la chiquitaja de Birdie. Estaba a punto de ser madre y, en cinco años, había ganado en madurez, elegancia y estilo.

Bueno, no sabía si en elegancia y estilo, pero sí en madurez.

Le costó arrancar la furgoneta, pero por fin se rindió. Como en los viejos tiempos. Aunque, aparentemente, Birdie la usaba para llevar estiércol porque, según bajaba por el camino, iban saltando trozos malolientes por todas partes.

¿Sabía cómo hacer una entrada espectacular o no?

Tom cerró la puerta de la tienda en cuanto desapareció el último cliente. Habían pasado seis meses desde que volvió a Brushy Creek para ayudar a su padre con los suministros para granjas y ranchos, pero empezaba a estar harto.

Junior Hunnicutt, siempre vigoroso, se había recuperado de la operación antes de lo que todos esperaban. Y quizá algún día Tom se atrevería a decirle que no pensaba seguir allí mucho tiempo. No había nada malo en vender fertilizante y abono, pero era un trabajo que requería estar encerrado durante diez horas al día. Y eso era demasiado para él.

El éxito de la tienda dependía de habilidades que Tom no poseía; no le gustaba nada hacer inventario, ni buscar nuevos abonos para la tierra, ni charlar con los clientes.

—Esta noche voy a cenar en casa de Letha —le dijo Junior, mientras apagaba las luces—. No me esperes.

—Es la tercera vez esta semana. Creo que la viuda de Applegate está probando la teoría de que el camino más rápido para llegar al corazón de un hombre es su estómago.

—Deberías probar su pollo al horno, hijo. Gloria bendita.

Viudo durante cuatro años, Junior Hunnicutt era un hombre al que le gustaba comer. Había perdido peso desde la operación, pero la camisa vaquera seguía marcando un torso musculoso.

Tom sonrió. Se alegraba de que su padre hubiera encontrado a alguien como Letha Applegate. Al menos uno de los dos podría seguir adelante con su vida.

—Una cena casera a menudo tiene doble intención. Prefiero que el pollo al horno lo pruebe un viejo zorro como tú.

Junior cerró la caja registradora, sonriendo.

—Eres muy joven, hijo. Y te recuerdo que hay muchas mujeres en el mundo.

—Déjalo, papá.

—¿Por qué?

—Porque no me apetece tocar ese tema.

No quería hablar sobre Mariclare porque no había necesidad. Era una historia terminada.

—No deberías guardarte las cosas, hijo. Es mejor compartir el dolor con los demás.

—Y tú deberías dejar de ver telenovelas –rio él.

—Me preocupas, Tommy –suspiró su padre.

—Pues no te preocupes. Estoy bien.

—¿Seguro que no te importa cenar solo?

—Claro que no.

Desde que volvió al pueblo, su padre lo había abrumado con atenciones. Estaba recuperándose de una operación a corazón abierto, pero actuaba como si el frágil fuera él. Aunque un corazón roto es mucho menos preocupante que uno que lleva un *bypass*.

—Podrías cenar en el café de Birdie –sugirió Junior Hunnicutt entonces.

—Puede que lo haga.

—Si ves a la chiquitaja, dale recuerdos de mi parte.

—Lo haré.

Tom se preguntó si Ryanne era la razón de que hubiera tantos coches en la calle principal de Brushy Creek. Algo había llevado a la gente al café y no era solo el mejor pollo frito de la zona.

Menudo fastidio, pensó. Estaría lleno de gente y

tendría que sentarse en la barra... Entonces, ¿por qué no iba a cenar a otra parte? En Brushy Creek había tres restaurantes.

Pero en ninguno de ellos sabían hacer el pastel de moras como Birdie, se dijo.

Y, satisfecho con esa respuesta, empujó la puerta del café.

Ryanne llevaba horas en el café, pero seguía rodeada de gente a la que no había visto en cinco años.

Le preguntaban por su salud, pero lo que realmente querían saber era si había conocido a Shania Twain o a Travis Tritt, los famosos cantantes de country. Afortunadamente, nadie mencionó su fracaso profesional o la ausencia del padre de la criatura.

Cuando sonó la campanita de la puerta, Ryanne levantó la mirada y vio a Tom Hunnicutt... bajo la luz de las lámparas.

Y era impresionante.

¿Aquel era el hombre que la había limpiado un chicle del pie? ¿El hombre que la esperó mientras hacía pipí y al que ella había tratado como si fuera un idiota?

Todo el mundo dejó de hablar cuando el alto vaquero le guiñó un ojo antes de apoyarse un momento en la barra para saludar a Birdie.

¿Aquel era el trasero que había rozado mientras le quitaba el chicle?

Ryanne intentó prestar atención a lo que alguien

le preguntaba, pero era imposible. Aparentemente, se había quedado sorda.

A los diecisiete años, Tom Hunnicutt era un chico mono que volvía locas a todas las adolescentes sin que sus padres se preocuparan. Pero se había convertido en un hombre de infarto.

Llevaba una camisa azul, vaqueros y botas. Y estaba para comérselo.

Las arruguitas que tenía alrededor de los ojos le daban madurez a su expresión. Tenía el pelo oscuro y un hoyito en su mejilla... un hoyito en el que Ryanne habría querido perderse.

Ese hoyito y esa expresión tan masculina debían de hacer que todos los padres de Brushy Creek se preocupasen... vamos, y que no durmieran por las noches.

—Buenas tardes —saludó Tom a todo el mundo y a nadie en particular.

Pero estaba tan fascinado por la transformación de Ryanne que no podía ver a nadie más.

—Hola, Tom.

—Estás muy guapa.

—Gracias —sonrió ella, sacando la pierna de debajo de la mesa para mostrarle el zueco—. Y llevo zapatos.

—Estás tan diferente que casi no te había reconocido.

Ryanne le contó a todo el mundo la historia del rescate nocturno, haciéndola más divertida de lo que a ella le pareció entonces.

–Tom es un caballero de brillante sombrero tejano –concluyó.

Los hombres sonreían y las mujeres también. Una de ellas se atrevió a darle un pellizco en la cara.

–Siempre has sido un chico muy bueno, Tom.

–¿Es verdad? –preguntó Ryanne, haciendo un gesto para que se sentara a su lado.

–¿Si es verdad qué? –preguntó él.

Le resultaba difícil concentrarse. Pasaba demasiado tiempo en la tienda, se dijo. No sabía por qué, pero se sentía confuso y un poco mareado mientras se sentaba al lado de aquella belleza.

–Lo que Mamie Hackler acaba de decir.

–Lamento contradecir a una señora tan simpática, pero ella no lo sabe todo sobre mí.

Tom seguía sin creerlo. La chica despeinada, descalza, con el vestido roto había desaparecido y en su lugar había una joven preciosa llena de confianza y buen humor. Llevaba el pelo suelto y sus ojos verdes brillaban, llenos de energía.

La noche anterior se había convencido a sí mismo de que Ryanne Rieger era un problema. Pero llevaba todo el día pensando en ella y en las circunstancias que la hicieron volver a Brushy Creek.

–Birdie está encantada, pero yo no puedo creer que todo esta gente ha venido solo para verme –dijo ella entonces, en voz baja.

–Tú eres lo más emocionante que ha pasado en Brushy Creek desde que una familia de mofetas se instaló en la parroquia –murmuró Tom, respirando su perfume.

–Vaya, muchas gracias.

La risa de Ryanne era alegre y cantarina como el agua de un riachuelo. ¿Cómo podía un hombre cansarse de escuchar aquel sonido? Estaba a punto de preguntar por su ex marido cuando Birdie les llevó la cena: ensalada, judías verdes con jamón y pollo frito con puré de patata.

–¿Queréis algo más? –preguntó la mujer, poniéndose las manos en las caderas.

–Alguien que me ayude a comer todo esto –sonrió Ryanne.

–Tienes que comer por dos, cielo. Tom, vigila a mi niña para que se lo coma todo.

–A tus órdenes.

Pero no le dijo que no podría apartar los ojos de ella aunque quisiera.

Estuvieron charlando sobre mil cosas mientras cenaban y Ryanne había comido menos de la mitad cuando dejó su tenedor en el plato.

–Va a darme ardor de estómago, pero merecía la pena.

–Tu madrastra es la mejor cocinera de todo el estado.

–¿Sueles cenar aquí?

–Casi siempre –contestó él–. Ni mi padre ni yo sabemos cocinar.

–Birdie me ha contado que tu madre murió hace unos años. Lo siento mucho.

–Gracias. Por cierto, mi padre te envía un saludo. Esta noche está cenando con una amiga.

–¿Una amiga? Vaya, vaya –sonrió Ryanne.

–Yo me alegro mucho. Ya sabes cómo son los

padres; ahora que he vuelto piensa que sigo siendo un crío.

—Todos son iguales. Especialmente, cuando eres hijo único —sonrió ella, apartándose un mechón de pelo de la frente. Tom estaba tan distraído con el movimiento de los pendientes que no sabía qué decir—. ¿Cuándo volviste a Brushy Creek?

—Hace seis meses. Vine para ayudar a mi padre después de la operación, pero ahora dice que quiere retirarse. Espera que yo me quede en la tienda para poder marcharse a la casa del lago.

—¿Y?

—Yo no quiero trabajar detrás de un mostrador. Puede que me dedique a comprar caballos.

—¿A comprar caballos?

—No para mí, sino para los rodeos. El trabajo consiste en ir de rancho en rancho, comprobando si hay caballos buenos para el circuito profesional —contestó él, tomando un trago de agua. ¿Por qué tenía la boca seca?

—Ah, claro. Nunca se me había ocurrido pensar de dónde salen esos caballos.

—Son animales muy valiosos. Un bronco bueno puede costar hasta quince mil dólares. Pero tienes que demostrar que el animal lo merece.

—Y tú sabes mucho de caballos.

—Sí.

Su conocimiento sobre aquel tema era de lo único que estaba seguro.

—¿Recuerdas el día que te fuiste a la universidad? —le preguntó Ryanne entonces.

La pregunta lo pilló desprevenido. No podía

conciliar la imagen de una niña que jugaba a ser camarera con la mujer que tenía enfrente.

–¿Esperas que recuerde algo que pasó hace doce años?

–Pues yo sí me acuerdo. Viniste a comer con tus padres y os serví yo –sonrió ella–. Tú tomaste un sándwich de carne con ensalada y una coca–cola.

Tom sacudió la cabeza, asombrado.

–Es increíble que te acuerdes.

–Ya te dije que entonces estaba loca por ti.

Él observó su pálido escote. Podía ver el nacimiento de sus pechos, cubiertos de venitas azules.

–No tenía ni idea –murmuró, apartando la mirada.

–¿No sabías que tú eras el primer chico al que yo no quería escupir?

–No sabía que antes de irme de aquí ya tenía una admiradora.

–¿En los rodeos también hay fans de esas que se tiran de los pelos cuando ven a su ídolo?

Tom aparentó ofenderse muchísimo.

–No somos estrellas del rock, pero tenemos nuestras admiradoras.

–Sí, claro. Para gustos hay colores. Birdie siempre dice que hasta en una vieja sartén se puede freír pollo –sonrió Ryanne.

Él soltó una risita. Se encontraba a gusto con ella. Y hacía mucho tiempo que no se encontraba a gusto con nadie.

–La verdad es que entonces eras una enana muy mona.

Ryanne le dio una patada por debajo de la mesa.

–No era una enana. Siempre he medido un metro sesenta... lo que pasa es que ahora también mido uno sesenta de ancho.

El resto de los clientes empezaba a levantarse y estaban casi solos en el café. Tammy, la camarera, y Nathan, el ayudante de cocina, empezaron a limpiar las mesas.

–Debería marcharme –dijo Tom entonces. Aunque no le apetecía nada.

Y a Ryanne tampoco. No entendía qué estaba pasando entre ellos, pero fuera lo que fuera, era imposible ignorarlo. Le gustaba mucho charlar con él. Tom Hunnicutt no era solo un hombre atractivo sino una persona de sentimientos profundos.

Y la idea de profundizar en esos sentimientos cada vez le parecía más atractiva.

Pero era muy diferente del cosquilleo que sintió la primera vez que vio a Josh Bryan, su ex marido. Josh tocaba el bajo en Calico Kate, donde ella trabajaba como camarera, y en cuanto lo vio fue incapaz de apartar los ojos de aquel guitarrista de pelo largo.

Había sido una de esas cosas locas. Sus ojos se encontraron y el corazón de Ryanne se derritió. Sentía que había cierto peligro, pero estaba segura de que era amor a primera vista.

Lo que no había anticipado era que se casaría con él dos semanas más tarde. Ni que un día la dejaría porque, según Josh, le daba mala suerte.

No casarse nunca con alguien a quien se ha conocido en un bar lleno de humo era el mejor consejo que Ryanne podía darle a cualquiera.

Lo que sentía por Tom era muy diferente y, desde luego, tenía más que ver con el corazón y el cerebro que con las hormonas. Aunque Tom Hunnicutt también aceleraba sus hormonas. Pero, en su estado, podía apreciar encantos más sutiles.

Un hombre como él seguramente tenía que apartar a las mujeres con matamoscas, de modo que no se sentiría atraído por una chica embarazada de ocho meses. Pero parecía disfrutar de su compañía tanto como ella.

—¿Qué se hace en Brushy Creek para pasarlo bien un viernes por la noche?

—Yo estaba pensando en dar un paseo.

Ryanne se llevó la mano a la frente, con fingido disgusto.

—Qué pena. En mi estado no puedo arriesgarme a tanta emoción.

Tom sonrió. Como si estuviera intentando descifrar si era una broma o lo decía en serio. Y eso lo hacía mucho más entrañable.

—Pues no te puedes perder los campos de maíz que crecen al lado de la carretera. Es lo más emocionante de Brushy Creek.

Birdie salió en ese momento de la cocina.

—Lo siento, pero tengo que quedarme aquí un rato. Se nos ha roto el fregadero. ¿Por qué no te vas a casa, Ryanne?

—¿Puedo echar una mano?

—No. Hala, adiós.

—Vale, vale —sonrió Ryanne—. ¿Me escoltas hasta el carruaje, vaquero?

—Por supuesto, señora.

Desgraciadamente, cuando intentó arrancar la furgoneta, el viejo cacharro se negó.

–Deja que lo intente yo –murmuró Tom.

Pero nada. No quería arrancar.

–Siempre ha sido muy temperamental. El último año de instituto llegaba tarde a clase casi todos los días.

–Podría echarle un vistazo mañana –se ofreció él.

¿Un hoyito en la mejilla, ese tipazo y, además, sabía de mecánica? Menuda joya.

–Muy bien.

–¿Te llevo a casa?

–¿No querías dar un paseo? –sonrió Ryanne.

–Haré un sacrificio. Al fin y al cabo, soy un buen samaritano.

Ella prácticamente saltó de la vieja furgoneta. Pero solo iba a llevarla a casa, nada más. Solo estaba portándose como un buen vecino.

«No lo olvides, Ryanne», se dijo a sí misma. «Los arrebatos son muy, pero que muy peligrosos».

Capítulo 4

TOM DETUVO la furgoneta frente a la casa, sorprendido de que el camino se le hubiera hecho tan corto. En realidad, a pesar de sus siete años de diferencia, tenían muchas cosas en común.

Descubrieron que habían tenido los mismos profesores en el instituto y que hacían novillos en las mismas clases: matemáticas y física. Eran fans del mismo equipo de fútbol y solían salir por los mismos sitios. Diferentes años y diferentes amigos, pero las mismas experiencias.

—Cuando era pequeña, estaba deseando marcharme de aquí —dijo Ryanne—. Pero ahora me doy cuenta de que fue una suerte crecer en Brushy Creek.

—Yo he viajado por todo el país, pero me encanta volver aquí. Hay algo especial en un pueblo en el que todo el mundo se conoce.

Tom la ayudó a bajar de la furgoneta. Y, a pesar de que llevaba un segundo «pasajero», le pareció que no pesaba nada.

—¿Quieres tomar una limonada?

—Vale —sonrió él.

El sentido común le decía que se fuera pero, sencillamente, le resultaba imposible.

En la cocina, observó cómo exprimía limones en un antiguo exprimidor. Al hacerlo, su ancho vestido se movía de lado a lado y, por detrás, parecía una niña vestida con la ropa de su madre. Pero no era una niña, era una mujer.

Un hecho del que era más consciente cada segundo.

–¿Cómo te gusta? ¿Con mucho azúcar o más bien agria?

–Más bien agria –contestó Tom.

Le gustaba su sentido del humor, sus irónicas observaciones, su optimismo ante la vida. En resumen, le gustaba Ryanne.

¿Qué estaba haciendo? No debía gustarle. No había sitio para otra mujer en su vida. Pasaría mucho tiempo antes de que pudiera confiar en su instinto de nuevo.

–A ver qué te parece –sonrió ella, poniendo un vaso sobre la mesa–. ¿Está bien?

Tom tomó un sorbo y tuvo que disimular una mueca.

–No está mal.

–Otra cosa que tenemos en común. Nunca me he encontrado con nadie a quien le guste la limonada tan agria como a mí.

–Vamos a dar un paseo hasta el estanque –sugirió Ryanne cuando terminaron la limonada–. A estas horas es muy bonito. Además, las ranas estarán a punto de empezar con la función de noche.

–Es que es tarde –protestó Tom, pero ella se negaba a aceptar una negativa.

–Venga, tengo que hacer ejercicio. ¿Quieres que pierda la cintura?

–Ten cuidado, con esos zapatos puedes resbalarte –sonrió él, tomando su mano.

Caminaron entre la hierba hasta el estanque, que en el pueblo llamaban «el estanque de Annie». Nadie recordaba a la tal Annie que, enloquecida por un amor no correspondido, se lanzó de cabeza a sus aguas. Presuntamente, la historia era muy romántica, pero la idea de suicidarse por un hombre a Ryanne le parecía una estupidez.

–¿No crees en el verdadero amor? –le preguntó Tom, mientras la ayudaba a sentarse sobre una roca.

–Solía creer. Pero ahora ya no estoy tan segura –sonrió ella, apoyando las manos en la piedra, que aún conservaba el calor del sol–. Jimmy Tench y yo solíamos venir aquí de pequeños.

Habían pasado siglos desde su alegre época del instituto, cuando todos los sueños estaban sin estrenar.

–¿Para daros besitos? –rio Tom, sentándose a su lado, en la hierba.

–De eso nada. Jimmy y yo éramos amigos.

Eran colegas y se lo contaban todo. Fue entonces cuando Ryanne se dio cuenta de que no podía vivir sin un amigo. Desde luego, un amigo es mucho mejor que un amante. Y, en general, un hombre no puede interpretar ambos papeles.

–¿Solo amigos?

–Solo amigos. Veníamos aquí a contarnos nuestras cosas. El pobre Jimmy se quedó hecho polvo cuando su padre los abandonó.

–¿Y te contaba a ti sus problemas? –preguntó Tom, lanzando una piedrecita al agua.

–Y yo a él los míos –sonrió Ryanne, lanzando otra piedra, que saltó cuatro veces antes de hundirse.

–Impresionante.

–Me enseñó Jimmy –dijo ella, observando las luciérnagas que flotaban sobre el estanque–. Conseguiste una beca para la universidad, ¿no?

–Sí. Me gradué en Dirección de Empresas, pero no era un gran estudiante. Lo único que me importaba era el rodeo.

–A mí solo me importaba la música –suspiró Ryanne.

Tuvo que hacer un esfuerzo para no preguntarle por Mariclare. Pero Birdie tenía razón, a los vaqueros no les gusta hablar sobre cosas personales.

–¿Por qué te gustaba tanto el rodeo?

–No lo sé. Porque se me daba bien, supongo.

–A mí se me da bien planchar, pero no pienso ganarme la vida planchando.

–Tienes respuesta para todo, ¿eh?

–Si la tuviera no tendría que preguntar.

–Supongo que me gusta la adrenalina, el peligro –explicó Tom entonces.

–¿Y la fama?

–El rodeo no tiene mucho que ver con eso. Es algo que se te mete en la sangre.

–¿Como una adicción?

El sol se había puesto y sus rostros estaban en sombras, pero le pareció que la expresión del hombre se había entristecido.

–No. Más como un deseo que solo puede ser satisfecho en cada rodeo. Es algo que te apasiona o no te gusta nada. Los vaqueros no tienen representantes, ni Relaciones Públicas. De hecho, han de pagar para competir. No hay sueldo fijo, ni garantías... Solo el hombre contra el animal.

–Suena muy romántico.

Tom se quitó el sombrero y lo dejó sobre la hierba. Ryanne pensó que tenía el pelo más suave que había visto nunca. Aunque, por supuesto, no se atrevió a tocarlo.

–Si tu idea del romanticismo es que te partan los huesos de vez en cuando...

El cantarín sonido del agua hacía que Ryanne deseara cerrar los ojos para disfrutar de aquel hermoso paisaje.

–Me gustaría saber qué te pasó. Si quieres contármelo, claro.

Tom observó las luciérnagas que parecían diminutos helicópteros sobre el agua del estanque. Quizá era el momento de contárselo a alguien. No se lo había contado a nadie, ni siquiera a su padre, y quizá era el momento de hacerlo. Precisamente con Ryanne.

–Fue el verano pasado, en Texas –empezó a decir–. Llevaba un buen caballo. Hellbender tenía muy mala reputación, pero yo estaba preparado.

–¿Y qué pasó?

–Perdí la concentración. Hellbender me tiró al

suelo, pero se me quedó enganchada la bota en el estribo y entonces me pisoteó.

Ryanne sintió un escalofrío.

—¿Estuviste mucho tiempo en el hospital?

Tom recitó una interminable lista de fracturas, además de la ruptura del bazo y una lesión en el hígado.

—No tenía un centímetro de piel que no estuviera morado, pero fue culpa mía.

—Si no hubiera ocurrido, ¿seguirías en el rodeo?

¿Podría haberlo hecho? ¿Podría haber dejado el rodeo para estar con Mariclare? Solo tenía treinta años, pero a veces temía que la mejor parte de su vida hubiera muerto.

—El rodeo es para los jóvenes.

—Tú eres joven —señaló Ryanne.

—Solo en edad, chiquitaja. Solo en edad.

Ella tomó entonces la mano del hombre y la colocó sobre su vientre.

—¿Lo has notado?

—¿Qué es?

—Tiene hipo. Mira, otra vez.

Tom se sintió absurdamente emocionado. Tocar a Ryanne era precioso. Y le sería tan fácil tomarla entre sus brazos, buscar sus labios... Nervioso, apartó la mano lamentando que aquel niño no fuera suyo. Era un deseo extraño, incomprensible.

—No sabía que los niños tenían hipo en el vientre de su madre —murmuró, sin saber qué decir.

—Pues a la mía le pasa todo el tiempo —sonrió Ryanne.

—¿La tuya? ¿Crees que es una niña?

–Es una intuición, pero no estoy segura. No pude pagar la ecografía para determinar el sexo.

–Es increíble, ¿verdad?

Era difícil creer que había un niño dentro de su vientre, durmiendo, moviéndose. Esperando el momento de llegar al mundo.

–Es un milagro.

La sonrisa femenina lo afectó como un abrazo, llenándolo de una poderosa emoción que pronto se volvió resentimiento. Había protegido su corazón con una coraza durante todo aquel tiempo y, de repente, una mujer a la que apenas conocía lo dejaba con un nudo en la garganta.

Debía estar en guardia. Parecía inofensiva, pero sin duda Ryanne Rieger era la mujer más peligrosa que había conocido nunca.

Después, se quedaron en silencio y «el estanque de Annie» se volvió oscuro y misterioso. De tanto en tanto, un pez saltaba del agua para atrapar un insecto y las ranas seguían cantando un coro imposible.

Ryanne no había disfrutado de una paz así en mucho tiempo. Los problemas no tenían sitio allí. Quizá Birdie tenía razón, quizá todo saldría bien. Tenía que haber una razón para que la telenovela de su vida la hubiera llevado de vuelta a Brushy Creek, y su corazón se llenaba de esperanza.

Pero, ¿era aquel lugar lo que le daba paz o el hombre que estaba a su lado?

–Me siento muy cómoda contigo –dijo entonces, impetuosamente–. Es como si te conociera de toda la vida.

Tom levantó los ojos, sorprendido.

–Nos conocemos desde siempre, en realidad. No olvides que estabas loca por mí.

–Sí, pero no quiero que pase de ahí –dijo entonces Ryanne, tomando una brizna de hierba–. No quiero una historia romántica.

–Claro –murmuró él, sorprendido por su sinceridad.

–No necesito un hombre en este momento de mi vida.

–Entiendo.

Pero Tom no entendía. En realidad, parecía un hombre intentando descifrar un código. O traducir un idioma muerto.

Una rana saltó entonces sobre una hoja que flotaba en el agua, mirándolos como si estuviera pendiente de la conversación.

–Tenemos muchas cosas en común –dijo Ryanne entonces.

Como ella, Tom había sido traicionado por alguien a quien amaba; como ella, había vuelto a casa para lamerse las heridas. Entre los dos podrían escribir un libro sobre la desilusión.

–Sí, es verdad. Los dos somos veteranos.

–Sé lo que has pasado porque yo he pasado por lo mismo.

–¿Y tú cómo sabes por lo que he pasado, Ryanne?

Había cierta frialdad en su tono. Se había puesto a la defensiva, pensó ella.

–Solo sé... lo que me han contado. Ya sabes cómo es la gente en Brushy Creek.

–Todo el mundo lo sabe todo sobre los demás.

–Eso es. Yo no necesito estar con un hombre, pero me vendría bien un amigo. Y creo que a ti también.

–¿Sabes lo que yo necesito? –preguntó él, tirando otra piedra al agua.

Ryanne lo miró, un poco irritada. Pero no pensaba dar marcha atrás.

–No te pongas así. Supongo que puedes salir con quien quieras, así que si no tienes novia es porque no quieres.

–¿Y por qué piensas que no la tengo?

–Venga ya. No has tenido tiempo. Además, no eres ese tipo de hombre.

–¿Qué clase de hombre?

–De los que empiezan una relación a lo loco, sin pensar. Estuviste prometido con Mariclare casi veinte años, ¿no?

–Doce.

–Bueno, doce. Qué impulsivo –rio ella.

–¿Cuánto tiempo estuviste tú con tu marido? –preguntó Tom entonces.

–Nos casamos dos semanas después de conocernos.

–¿En serio?

–En serio. Entonces me pareció maravilloso, pero...

–Casarse con alguien a quien has conocido dos semanas antes es de locos. ¿Cómo pudiste hacer una cosa así?

–Porque estaba enamorada.

–¿Y qué pasó?

–Pues... que dejamos de querernos –contestó Ryanne.

–Las cosas nunca son tan sencillas. ¿Y el niño? ¿Qué clase de hombre abandona a una mujer embarazada?

–Uno que no lo sabe –murmuró ella, sin mirarlo.

–¿Qué? –exclamó Tom, incrédulo.

–Josh se marchó antes de que yo supiera que estaba embarazada. Nos peleamos, me empujó y...

–¿Te pegó?

–Había estado bebiendo porque acababa de perder un trabajo. ¿Te he dicho que era músico?

–Esa no es excusa –replicó él, cruzándose de brazos.

–¿Lo de ser músico?

–Lo de haber bebido, tonta.

–Ya lo sé –sonrió Ryanne–. El caso es que me dejó. Decía que yo le daba mala suerte.

–Eso no tiene ningún sentido.

–También lo sé. Pero es imposible razonar con un borracho.

–¿Solía beber?

–No todos los días, pero entre los músicos es muy común –contestó ella–. En cualquier caso, la bebida no le impidió enviarme los papeles del divorcio.

–¿Cuánto tiempo estuviste casada?

–Seis meses. Pero a mí me pareció mucho más tiempo.

–¿Y no has vuelto a verlo?

–Solo cuando fue a casa a buscar sus cosas. Fue

con unos amigos para no tener que hablar conmigo.

—¿Y cuándo te enteraste de que estabas embarazada?

—Un mes más tarde. No me lo creía, pero...

—¿Por qué no le dijiste que estabas esperando un niño?

—¿Para qué? Me dejó porque le daba mala suerte. ¿Tú crees que querría saber algo del niño?

—No lo sé.

—Pues yo sí. No querría saber nada. Por eso voy a ser madre soltera.

Tom se levantó y se puso de espaldas a ella, mirando el estanque.

—Se está haciendo tarde. Deberíamos volver a casa.

—¿Qué te parece? —le preguntó Ryanne, intentando levantarse de la piedra... sin éxito.

—¿Qué me parece? No sé a qué te refieres.

—A si podemos o no ser amigos. Y, por cierto, como no me eches una mano no me levanto de aquí en la vida.

Él se volvió.

—Solo tú podrías pensar que la amistad es algo que puede negociarse.

—Yo creo que es mejor dejar las cosas claras. No sé dónde he leído que lo que rompe las relaciones son las expectativas que no se cumplen.

—¿Ah, sí? —preguntó Tom, mirándola con aquellos ojos oscuros que eran como rayos láser.

—Sí —contestó Ryanne.

Había sufrido náuseas y mareos durante tres meses. Ninguna mirada iba a intimidarla.

—¿Y?

—Y si somos sinceros el uno con el otro y aceptamos que solo vamos a ser amigos, evitaremos muchos problemas.

Él sacudió la cabeza, pensativo.

—¿Siempre eres así?

—¿Cómo?

—¿Tan sincera, tan clara?

Ryanne sonrió.

—Yo creo que ahorra mucho tiempo.

—¿Estás diciendo que no me encuentras atractivo?

—No seas bobo. Estás buenísimo, pero yo no quiero una relación amorosa.

—¿Estoy buenísimo? —rio Tom.

—Sí, bueno, ya sabes... Pero yo lo que quiero es seguir adelante con mi vida, sola. Bueno, sola no, con mi niña. Ahora no necesito distracciones.

Él soltó una carcajada.

—¿De qué te ríes?

—De ti. Nunca he conocido a nadie que diga las cosas con tal claridad.

—Soy realista —replicó Ryanne levantando las manos.

Tom dio un tirón y ella acabó sobre su pecho. Tontamente, sintió un escalofrío. Pero los amigos no sienten escalofríos cuando otro amigo los toca. Eso no puede ser.

—Todo eso está muy bien, pero, ¿y si uno de los dos quiere algo más?

—¿Quieres decir dentro de unos años?

—Sí, bueno... dentro de unos años.

—Ya hablaríamos entonces —sonrió Ryanne.

—¿Renegociaríamos los términos? —preguntó Tom, escéptico.

—Evaluaríamos de nuevo las expectativas.

—Eso es lo más absurdo que he oído en toda mi vida —rio él entonces—. Pero debo de estar loco, porque me gusta.

—Sé que no puedes estar interesado en mí físicamente porque parezco un globo. Además, soy impulsiva e inestable y tú no necesitas una mujer así.

—Parece que sabes muy bien lo que necesito.

—Tengo mis opiniones.

—Y eres muy guapa.

Ryanne ignoró el cumplido. Sabía muy bien que, embarazada de ocho meses, no estaba precisamente como para comérsela.

—Seríamos una pareja terrible, pero como amigos podemos ayudarnos el uno al otro. Tú puedes enseñarme a tener más cuidado, a ser más cauta. Y yo puedo enseñarte a ser más espontáneo.

—Veo que lo has pensado mucho.

No podía decirle que había hablado del asunto con Birdie porque eso podría parecer una conspiración.

—No, se me ha ocurrido ahora mismo.

—¿Una visión?

—Una revelación —sonrió Ryanne—. ¿Qué te parece?

Tom la miró, indeciso.

—No lo sé. ¿Tenemos que firmar un contrato?

–Serás tonto... –exclamó ella, dándole un puñetazo en el hombro.

–¡Ay! Estaba intentando ser espontáneo.

Ryanne necesitaba un amigo, no un amante. Y podía tener a Tom en su vida sin embrollarlo todo con algo tan complicado como el amor.

–¿Trato hecho?

Tom no parecía convencido. Y quizá ella tampoco lo estaba. Pero, por mucho que la mirase a los ojos como si quisiera hacerle confesar que estaban metiéndose en un lío, no pensaba admitir que aquel trato podía convertirse en otra cosa.

–Trato hecho –dijo él por fin–. No pienso discutir con el destino y mucho menos con la complicada lógica de Ryanne Rieger.

Capítulo 5

AL DÍA SIGUIENTE, Tom realizó su primer acto oficial como «mejor amigo» de Ryanne: resucitar la vieja furgoneta a la que tenía tanto cariño.

Ella observaba con expresión infantil mientras ajustaba las tiras del ventilador y limpiaba la vieja batería.

—Intenta arrancarla ahora.

El motor lanzó una especie de tos, pero se puso en marcha y Ryanne bajó de la furgoneta, sonriendo.

—Gracias, vaquero. Le has salvado la vida. Birdie había amenazado con llevarla al desguace si tenía que llevarla al taller otra vez.

El entusiasmo de aquella chica era contagioso. Hacerla sonreír, aunque fuera por algo tan pequeño, lo hacía sentirse mejor consigo mismo.

—Solo es un arreglo temporal –dijo Tom entonces, con la expresión de un cirujano que debe dar una mala noticia–. Me temo que este cacharro necesita un trasplante de batería.

A pesar de la mala noticia, el arreglo de la furgoneta le valió una invitación a comer en el café de Birdie.

Se pasaba por allí todos los días. A veces para encargar una hamburguesa a toda prisa, otras para comer tranquilamente con su padre. Y Ryanne siempre les servía la comida con una sonrisa. No servía al resto de los parroquianos porque el embarazo no se lo permitía, pero ellos eran clientes «especiales».

Y cuando no tenía nada que hacer, se ponía a charlar con todo el mundo. O a tararear una canción. Siempre estaba alegre, siempre hacía reír a los demás. Pero Tom quería creer que reservaba una sonrisa especial para él.

El jueves por la mañana, fue allí a desayunar. No solía hacerlo, pero ¿dónde podía desayunar mejor que en el café de Birdie?

–Un café solo y un bollo de crema –pidió, sentado en un taburete.

Ryanne salió entonces de la cocina, con una blusa verde y unos pantalones blancos por debajo de la rodilla.

–Hola, vaquero.

–Hola –sonrió él–. ¿Hoy no trabajas?

Estaba preciosa. No solía pintarse, pero aquel día llevaba brillo en los labios y un poquito de colorete. Todas las embarazadas están guapas, pero Ryanne tenía un aura que le hacía parecer un ángel.

–No, hoy voy a dar una vuelta.

Tom sabía que estaba sonriendo como un tonto, pero no podía evitarlo. Ryanne Rieger era una contradicción fascinante: fuerte, pero vulnerable. Dura, pero frágil. Era un misterio.

Entonces sintió un absurdo deseo de inclinarse por encima de la barra y darle un beso en los labios.

Sorprendido por tal pensamiento, se metió las manos en los bolsillos del pantalón para tenerlas ocupadas. ¿De dónde había salido aquello? ¿Por qué sentía el deseo de besarla de una forma tan poco amistosa?

Precisamente a ella, que lo había elegido como «amigo del alma».

Eso por leer demasiado en su sonrisa. Y por haber firmado un acuerdo que estaba destinado al desastre.

Quizá era la sorpresa por verla tan guapa, sin el pantalón vaquero y la camiseta blanca que solía llevar bajo el mandil de cuadros.

Birdie apareció entonces detrás de la barra.

–¿Por qué no te llevas un par de bollos? Los he hecho esta misma mañana.

–Gracias, Birdie, pero con uno es suficiente. No quiero que me suba el colesterol –rio Tom.

–Ryanne, cielo, será mejor que te vayas o llegarás tarde.

–¿A dónde vas? –preguntó él, intentando aparentar un interés puramente «amistoso».

–Va a Claremore para ver al médico –contestó Birdie por ella.

–¿Pasa algo?

–Pues sí, pasa algo. Que no puedo verme los pies –contestó Ryanne.

–Solo va a hacerse un chequeo y a conocer al ginecólogo que la ayudará en el parto –explicó su madrastra.

–No irás en la furgoneta, ¿no?

–Voy a llevar el jeep.

–He intentado convencerla para que te pida que la lleves, pero no hay forma –protestó Birdie–. Cada día es más cabezota.

La mujer lo miró con una expresión que era prácticamente un codazo en las costillas. Y Tom entendió el mensaje inmediatamente.

–Es verdad. Yo podría llevarte.

Lo había dicho como si nada, pero después del indecente deseo de besarla, la idea de pasar un par de horas a solas con Ryanne, con quien solo mantenía una relación de amistad, era muy peligrosa. Y muy apetecible.

–Gracias, pero no hace falta –contestó ella, tomando un bolso diminuto y, sin duda, muy de moda–. He perdido la cintura, no el carné de conducir.

–A Tom no le importa llevarte, cariño –insistió Birdie.

Ella dejó escapar un suspiro.

–Hay que perdonar la insistencia de los viejos.

–¡Oye, niña! No me gusta que vayas sola en el coche. Estás de ocho meses y...

–Tiene razón –la interrumpió Tom.

–No voy a explorar el Himalaya. Claremore está a diez kilómetros de aquí.

–Y Dios sabe qué podría pasarte en la autopista.

–Tía Birdie, por favor... Tom, no te preocupes, no tienes que llevarme.

–No me importa, de verdad.

¿Qué diría Ryanne si admitiera que llevarla a Claremore era lo que más le apetecía en el mundo?

–Gracias, pero no. Ya me has arreglado la furgoneta y no pienso estar pidiendo favores todo el día.

–¿Para qué están los amigos? –exclamó él, con un entusiasmo que no pudo controlar.

–Eres muy amable, de verdad, pero no hace falta.

–Yo creo que sí –insistió Tom.

No pensaba dejar que se saliera con la suya. Fue ella quien lo embarcó en aquel proyecto amistoso y no podía decir cuándo eran amigos y cuándo no. Además, pasar el día juntos pondría su amistad a prueba. Quizá no era él solo quien tenía deseos indecentes. Quizá también Ryanne había albergado algún deseo sobre alguien que, según ella misma había dicho, estaba «buenísimo».

–No, en serio. Tú tienes que trabajar y...

–Mi padre me pidió el otro día que pasara por Claremore para comprar unos suministros, así que mataré dos pájaros de un tiro –la interrumpió Tom, dirigiéndose no solo a Ryanne, sino a Birdie, Tammy y Nathan, todos testigos del drama.

–Que no, en serio. Que puedo ir sola –insistió ella.

Aparentemente, el suspense era demasiado para Nathan, que dio un paso adelante.

–¿Van a ir juntos o no?

–Claro que sí –contestó Birdie, empujándolos hacia la puerta–. Y para que Ryanne no se sienta culpable, Junior y Tom pueden tomar gratis todo el pastel de mora que quieran hasta que nazca el niño.

–No sé yo –suspiró Nathan–. A Junior le gusta tanto ese pastel que podríamos acabar en la ruina.

Ryanne subió a la furgoneta de Tom con el ceño arrugado.

–¿De verdad tienes que ir a Claremore?

–Sí.

–Pero no tenías que llevarme.

Aunque disfrutaba mucho de su compañía, no quería estar pidiéndole favores todo el tiempo. Y, sobre todo, no quería que la viera como una chica vulnerable y sola que necesita ayuda. Para nada.

–No me importa, pesada.

Ella hubiera deseado que dijera «me apetece llevarte» en lugar de «no me importa», pero no podía explicárselo.

–No me gusta que Birdie se aproveche de un buen chico.

–No soy tan buen chico. Y déjalo ya, que me tienes harto.

–Sé que me llevas porque te han coaccionado –insistió Ryanne.

–Qué lata –exclamó Tom, levantando los ojos al cielo.

Ella sintió un absurdo deseo de hacer pucheros, pero se contuvo porque eso no mejoraría su imagen de mujer capaz de cuidar de sí misma.

–Vale.

Permanecieron en silencio durante un rato, pero Ryanne tenía ganas de hablar y se dedicó a comentar el peinado de Mamie Hackler y la dieta de Tammy.

—Dice que se la ha inventado. ¿Sabes que elimina alimentos por orden alfabético?

—¿Y por qué letra va?

—Por la «pe». Esta semana no come ni pizza, ni patatas ni pasta.

—¿Y coca-cola?

—Ni la prueba —sonrió ella.

—Supongo que todo el mundo está preparándose para la fiesta del pueblo. ¿Birdie va a tomar parte en el concurso de cocina?

—Por supuesto. Se levantará al amanecer para preparar su estofado de carne con chile. Ingredientes secretos y todo.

Para Ryanne, además de Navidad, la fiesta del pueblo era el mejor día del año. Se había perdido cinco, pero aquel año pensaba disfrutar como loca.

—¿Sigues escribiendo canciones? —le preguntó Tom entonces.

—Sí, claro. Pero solo para mí. Nadie las quiere.

—¿Por qué no?

—Nashville está lleno de músicos intentando grabar un disco. Pero aunque lo hagas, no es seguro que alguien vaya a escucharlo.

—¿Tú no conseguiste grabar uno?

—No, pero casi —contestó ella, observando sus manos en el volante.

Las manos de la gente dicen mucho sobre su personalidad, y las de Tom eran grandes y fuertes. Manos de hombre.

—¿Cómo que casi?

—Lo intenté de todas las formas posibles. Incluso me presenté en casa de un representante muy conocido, pero se negó a abrirme la puerta.

–No suena muy divertido.

–Pero lo es. Si te gusta la música, claro. Si tienes suerte, puedes tocar en un club o hacer de coro para alguien. Para un músico, lo único importante es estar ahí.

–Pero debe de ser duro, ¿no?

–Como todo. Esperas llamar la atención, esperas que alguien se fije en ti... Y si no funciona, a servir mesas.

–Pues menuda gracia.

–No creo que saltar encima de un caballo salvaje sea mucho mejor –sonrió Ryanne.

–¿De qué hablan tus canciones?

–Del amor. De la vida –contestó ella–. Ya sabes, los tópicos de la música. Yo solo espero que mi punto de vista sea un poco diferente.

–Espero que tengas otra oportunidad. Tú eres...

–¿Cabezota?

–Decidida –sonrió Tom.

–Sí, pero la música country ya no es lo que era.

–¿No? Que yo sepa, todo el mundo la escucha.

–Sí, claro, en Brushy Creek. Pero cada día las ponen menos en la radio y, según todo el mundo, se venden pocos discos.

–Tu ex marido también era músico, ¿no?

–Sí. Lo de «al perro flaco todo se le vuelven pulgas» es cierto –sonrió Ryanne, acariciándose el vientre.

–¿Qué haría si supiera que va a tener un hijo?

–No lo sé. Y prefiero no pensarlo porque no voy a decírselo.

Tom encendió la radio. En una emisora de música country, por supuesto.

–¿Te escondes porque te da miedo?

–¿Por qué dices eso? No estoy escondiéndome.

Él la miró con expresión incrédula.

–¿No?

–No tengo miedo de Josh. Y, a pesar de lo que tú crees, no es tan mala persona.

–¿Un borracho que empuja a su mujer no es mala persona?

–Yo no soy una víctima y Josh no era un maltratador. Solo ocurrió una vez, porque estaba borracho.

–Una vez son demasiadas veces.

Ryanne dejó escapar un suspiro.

–No estoy excusándolo, pero no quiero que pienses que era un canalla –murmuró, mirando por la ventanilla.

–¿Por qué no?

–Porque entonces pensarás que yo soy imbécil por haberme casado con él.

–Yo nunca pensaría eso.

–Como dice Birdie, perdí la cabeza momentáneamente.

–Birdie es muy sabia.

–Y Josh era demasiado joven. Las responsabilidades le dan miedo.

–Tú también eres joven –dijo Tom entonces.

–Sí. Y a mí también me dan miedo las responsabilidades. Nunca tuve un perrito porque temía no saber atenderlo. Me daba pánico cuidar de una cosita pequeña e indefensa.

Él alargó una mano y la puso sobre su vientre.

—Tápate los oídos, niña. Es mejor que no oigas esto.

Ryanne no quería poner su mano encima de la de Tom, pero lo hizo. Hasta que él volvió a tomar el volante.

—No es lo mismo. Me enamoré de mi hija la primera vez que me dio una patadita.

—¿Alguna vez pensaste en... no tenerla?

—No, en ningún momento. Y no lamento haberme casado con Josh. Fue un error, pero así es la vida.

—Un error, ¿eh?

—¿Eres de los que piensan que un niño debe tener padre y madre?

—¿Tú no?

—En un mundo ideal, sí. Pero Josh ha desaparecido, así que no hay nada que hacer.

—Podrías decirle que va a ser padre.

—¡Mira, Claremore a dos kilómetros! —exclamó Ryanne, esperando no tener que contestar.

—Deberías decírselo —insistió Tom.

—Yo no lo creo.

—Tiene derecho a saberlo.

—No recuerdo haberte pedido consejo sobre ese tema —replicó ella entonces.

En ese momento entraban en Claremore y Ryanne le dio la dirección de la clínica. Cuando estaban llegando, Tom se volvió para mirarla.

—Creía que, como amigo, podía opinar.

—Y puedes hacerlo. Perdona que te haya contestado así —suspiró ella.

—Quizá estás intentando castigarlo por dejarte.

—Como que me tomaría tantas molestias...

—Entonces, tienes miedo.

—¿De qué?

—De que no le importe. De que rechace a tu hija como te rechazó a ti —contestó Tom—. Algún día, la niña te preguntará por su padre.

—Sí, claro. Me preguntará muchas cosas. Pero tengo respuestas, no te preocupes.

—¿No crees que te culpará a ti por no haber conocido a su padre?

—¿Sabes una cosa, vaquero? Se te da muy bien ser sensible y lúcido justo cuando no tienes que serlo.

—¿No son esas buenas cualificaciones para un amigo?

—Conseguiste el puesto porque tienes un hoyito en la mejilla. No te pases.

—No, en serio, Ryanne...

Ella miró su reloj.

—Date prisa. La niña está baiboteando otra vez.

—Debe haber un término en psicología para la gente que usa el humor como forma de evitar la verdad —dijo él entonces.

—Sí, seguramente. Debe de llamarse «gente que no quiere compartir cosas demasiado íntimas».

—Dale una oportunidad a tu ex marido, Ryanne. No tomes la decisión por él —insistió Tom, mientras aparcaba frente a la clínica.

Normalmente no se le daba bien ni dar ni seguir

consejos, pero sentía un inexplicable deseo de salvar a aquella chica de todo lo que pudiera hacerle daño.

Se metía en su vida por la misma razón por la que había aceptado ser su amigo, porque estaba sola.

—Josh me dejó, Tom. Y pidió el divorcio. Nunca volvió a llamarme para ver cómo estaba y, en mi opinión, ha perdido el derecho a elegir.

—Pues devuélveselo.

Estaba convencido de tener la razón. Ryanne no podría seguir adelante con su vida dejando aquello a medias. Además, sabía que había mucho dolor tras aquellas bromas.

Ella se colocó el bolso al hombro.

—Terminaré dentro de una hora. Mientras tanto, tú puedes ir a comprar los suministros.

Tom dejó escapar un suspiro de alivio al quedarse solo. Afortunadamente, Ryanne no esperaba que la acompañase a la consulta.

La vida era suficientemente complicada sin tener que sentarse en una sala de espera llena de futuras mamás.

Capítulo 6

MIENTRAS hojeaba una revista sobre maternidad, Ryanne movía un pie cada vez más rápido. Estaba metida en un lío. No sabía cómo cuidar de un niño y, en menos de un mes, tendría que hacerlo. ¿Por qué no había trabajado como canguro cuando era adolescente? De esa forma, habría practicado con los niños de otros.

Pero no. Ella pasaba el tiempo sirviendo cafés y escribiendo canciones que nadie quería oír.

Y aquello era muy serio. La maternidad es algo que uno no puede dejar cuando se aburre. Cuando naciera su hija, sería madre para el resto de su vida y no tenía la más remota idea de cómo hacerlo. Estaba leyendo artículos sobre lactancia, sobre cólicos, infecciones de oído, problemas respiratorios...

Era demasiado. ¿Cómo iba a aprender todo eso antes de que su pequeña Pavlova llegase al mundo? Ya de paso podía hacer un curso de Física cuántica. Parecía igual de complicado, desde luego.

Ryanne dejó escapar un suspiro de frustración. Nada la prepararía para aquel momento definitivo: convertirse en madre. No había forma de imaginar el dolor que tendría que soportar. No había forma de imaginar la felicidad que aquella niña llevaría a su vida.

Suspirando, dejó la revista sobre la mesa y empezó a pensar en su conversación con Tom. Por un lado, estaba absolutamente convencida de lo que hacía. No quería engañar a Josh, pero sabía perfectamente que «Míster vaqueros ajustados» no estaba cualificado para ser padre.

Pero, ¿era la inmadurez de Josh la verdadera razón para su silencio? ¿Algún día lamentaría no haberle contado a su ex marido que iba a ser padre? Cuando se marchó, le dejó bien claro que no quería saber nada de ella. Pero, ¿cómo podía saber que sentiría lo mismo por su hijo?

Ryanne se acarició el vientre. Tom tenía razón sobre una cosa: le daba miedo decírselo. No podía soportar la idea de que Josh no quisiera a aquella niña porque sabía muy bien lo que es sentirse abandonada.

Su propio padre la había abandonado cuando tenía tres años. Jamás volvió a saber de él, ni una llamada, ni una carta el día de su cumpleaños... y ni siquiera podía recordar su cara.

Rose Rieger, su madre, nunca supo cómo ser una buena madre. Era demasiado egoísta como para poner toda su devoción en alguien que no fuera ella misma. Ryanne sabía que su apresurado matrimonio con Josh podría ser el resultado de una vida familiar desastrosa y le pedía al cielo no haber heredado la predisposición de sus padres para arruinar su vida.

Se mudaban continuamente de casa, de ciudad, de colegio... hasta que por alguna razón desconocida llegaron a Brushy Creek.

Birdie le había ofrecido un trabajo a su madre. La amable viuda solía jugar con ella, la ayudaba a hacer los deberes e incluso escuchaba sus canciones, que ya escribía desde niña.

Fue ella quien le regaló su primer violín y cuando cumplió diez años contrató a un profesor particular. Su madre decía que eso era tirar el dinero a la basura, pero la tía Birdie insistía en que Ryanne se lo devolvería todo cuando fuera rica y famosa.

Su deseo de pagar aquella deuda cuando su benefactora fuese mayor y no pudiera valerse por sí misma era lo que había impulsado aquellos locos deseos de hacerse rica, pero por el momento no había devolución de intereses. Ryanne estaba arruinada y cada día tenía más obligaciones.

A los once años perdió a su madre en un accidente de coche. Había bebido de más y el hombre que iba con ella, también. Y Birdie luchó contra los servicios sociales como una leona para conseguir su custodia.

¿Cómo podría pagarle eso?

La noche anterior, cuando la casa estaba en silencio, Ryanne abrió el maletín en el que guardaba la ropita para su niña y lo colocó todo sobre la cama: camisetas diminutas, jerséis de lana, patucos, pijamitas... Con un nudo en la garganta, se puso un vestido rosa sobre el corazón, rezando para poder darle a su hija la mejor vida posible.

Pero no estaba preparada.

Otra mujer entró en la consulta entonces y se sentó a su lado. ¿Estaría ella preparada? ¿Lo estaba alguien?

Ryanne se imaginó a sí misma preparando un pastel de cumpleaños, ayudando a su hija a hacer los deberes, bañándola, llevándola al médico... No es fácil atender las necesidades de otra persona. Su propia madre había sido incapaz de hacer bien el trabajo.

Y ella quería algo mejor para su hija. Quería un papá y una mamá. Un hogar seguro, posibilidades... Su niña se lo merecía. Su niña. Sentía que era suya, pero también era de Josh. Y aunque le resultaba difícil imaginarse a sí misma como madre, mucho más difícil era imaginar a su ex marido.

¿Por qué no era como Tom? Fuerte, seguro de sí mismo, serio. Qué fácil le había resultado apoyarse en él, qué fácil pedirle ayuda. El futuro le parecía mucho menos duro si estaba a su lado.

Tom sería un padre cariñoso, responsable... tuvo que sonreír al imaginar sus fuertes manos sujetando a un niño pequeño. Cualquier niño sería afortunado teniendo a Tom Hunnicutt como padre.

Y, a menos que sus hormonas estuvieran equivocadas, cualquier mujer sería afortunada de tenerlo como amante. ¿Sería delicado y atento? ¿O urgente y apasionado? Ryanne sospechaba que ambas cosas.

Pero no debía pensar en eso. Aquel tipo de fantasía no la ayudaría nada. Además, sabía por experiencia que dejarse llevar por el deseo de ser amada puede ser muy peligroso. Ella era realista y no pensaba cometer dos veces el mismo error. Al contrario que su madre, no tenía el inocente y destructor optimismo de pensar que el próximo hombre que apareciera en su vida sería el definitivo.

Permanecería sola y su hija sería lo primero. Y haría por ella cualquier sacrificio.

Ryanne tomó otra revista y leyó un artículo sobre batallas legales por la custodia de los hijos. Quizá debería contar con una opinión profesional. Si su ex marido tenía derechos sobre su hija, era hora de enterarse. Un abogado podría ayudarla a decidir lo que debía hacer para, en un futuro, no llevarse ninguna sorpresa desagradable.

Decidida, le pidió la guía telefónica a la recepcionista de la clínica y, unos minutos después, había pedido cita con un bufete de abogados. Cuando volvió a sentarse en la sala de espera, se sentía un poco mejor.

Entonces miró alrededor. La mayoría de las mujeres iban acompañadas de sus maridos. La presencia de tantos hombres dispuestos a compartir aquella experiencia parecía empequeñecer su decisión de hacerlo sola. Aunque no estaría sola; Birdie estaría a su lado todo el tiempo.

Si hubiera insistido, Tom la habría acompañado a la consulta. Pero, ¿cómo podía pedirle eso? Un hombre tiene que estar muy enamorado para soportar el reto de ver cómo nace un niño.

—¿Cuándo le toca? —le preguntó la mujer que estaba a su lado.

—Dentro de tres semanas. El veinte de julio —contestó Ryanne.

—Qué suerte. A mí me quedan seis semanas. ¿Es el primero?

—Sí.

—Pues yo voy por el cuarto.

—¿El cuarto?

Ryanne estaba aterrorizada con su primer hijo y aquella mujer, de aspecto absolutamente normal, iba a tener el cuarto. No podía ser tan difícil, se dijo.

—Cuando tienes varios, todo es más fácil. Yo con el primero estuve de parto veinticuatro horas. Tú no sabes qué dolor...

Afortunadamente, la enferma llamó a Ryanne antes de que la mujer pudiera contarle más detalles. La idea de que algo del tamaño de un melón salga por un orificio del tamaño de una nuez ya era suficientemente aterrador.

Después de examinarla, el doctor Scott le pidió que volviera la semana siguiente. Estaba de acuerdo en que la fecha del parto sería alrededor del veinte de julio y le aseguró que todo iba perfectamente. Pero también le advirtió que, como primeriza que era, unos días antes podría experimentar dolores que no serían verdaderas contracciones.

—¿Y cómo voy a saber cuándo son de verdad? —le preguntó Ryanne, preocupada.

El doctor Scott le dio un golpecito en la espalda.

—Las primerizas siempre hacen la misma pregunta y yo siempre les doy la misma respuesta.

—¿Cuál?

–Tú lo sabrás –sonrió el hombre, dándole un folleto con las preguntas más habituales y recomen-
dándole hacer una vida normal, sin cansarse demasiado.

Ryanne salió de la consulta apretando el folleto
contra su corazón. Pero no se sentía más aliviada,
todo lo contrario.

Entonces vio a Tom esperándola en el aparcamiento. Estaba apoyado en la furgoneta, de brazos
cruzados, sonriendo. Y todos los miedos desaparecieron como por arte de magia.

Después de decirle que todo iba bien, le contó
que había quedado con un abogado.

–Me parece muy bien. No lo lamentarás.

–El problema es que tengo que esperar un par
de horas. ¿Te importa quedarte conmigo?

–Claro que no.

–¿Tu padre no estará esperándote?

Él sonrió.

–Ha dicho que me tome el día libre. No sé por
qué.

Decidieron explorar los anticuarios de Claremore. De pequeña, Birdie y ella solían ir de escaparates antes de comer en un restaurante precioso
cerca de allí.

–Tía Birdie siempre decía: «mirar no cuesta
nada». Así que nos dedicábamos a «comprar» todo
lo que nos gustaba y hacíamos un concurso para
ver quién gastaba más dinero... de mentira, claro.

–¿Y qué comprabais?

–Collares de perlas, cuberterías de plata, vajillas
antiguas... todo lo que fuera carísimo.

Tom soltó una carcajada.

–Lo pasabais bien.

–Desde luego.

Ryanne pensó entonces que estar con él era un poco como ir de escaparates. Como en los viejos tiempos, su acuerdo de amistad eterna le permitía desearlo todo sin tener que pagar un precio por ello.

Unos minutos antes, el ginecólogo escuchaba los latidos del corazón de su hija y el insistente sonido le había recordado cuánto deseaba darle una vida feliz y segura. Quizá era por eso por lo que, mentalmente, le había dado el papel de padre a Tom Hunnicutt. Él era el antídoto perfecto para sus miedos.

O quizá eran sus hormonas, fuera de control. Debía de ser un desequilibrio químico. Tenía que serlo. Ella quería controlar su vida y soñar con posibilidades matrimoniales era completamente absurdo.

Lo mejor era soñar con aquellas vajillas tan bonitas, cosas que no pudieran hacer daño.

Poco después vieron una cuna antigua con dosel de lino blanco. La madera era de cerezo, brillante por todas las manos femeninas que habían acunado a sus bebés en ella.

–Qué preciosa. Un niño debe de sentirse muy querido en una cunita como esa.

–Tú harías que un niño se sintiera querido aunque su cuna fuera un cajón –sonrió él.

Distraída por el cumplido, Tom tuvo que sujetarla porque estuvo a punto de cruzar la calle sin mirar.

–¡Cuidado! –exclamó, tomándola por la cintura.

Ryanne dio un paso atrás. Sería muy fácil aprovecharse de su fuerza, vivir para siempre con el calor de su sonrisa. Demasiado fácil.

Tenía que controlarse. Tom era su amigo, nada más.

Como ella misma había dicho, no podía permitirse distracciones. Ya tenía suficientes cosas en qué pensar como para perder la cabeza por aquel vaquero.

–No me había dado cuenta –murmuró, sin aliento. Por el largo paseo, no por la proximidad del hombre, se dijo.

–Pues presta atención.

Ryanne miró los ojos del hombre, que parecían guardar una especial ternura para ella. Y su corazón dio un vuelco. No podía dejarse llevar, pero momentos como aquel hacían muy difícil recordar por qué.

Y mientras cruzaban el semáforo, recordó por qué no le gustaba ir de escaparates: siempre volvía a casa con las manos vacías.

Tom dejó que ella marcara el paso. Escuchaba lo que le decía sobre la consulta del ginecólogo, pero estaba pensando en su conversación con el director del banco, al que había ido a ver después de comprar los suministros para la tienda.

Solo había sido una conversación, nada seguro. El hombre, un aficionado al rodeo, pareció entusiasmado y se puso a hacer cálculos como loco.

Tom cuestionaba sus motivos mientras esperaba una cifra. Había vuelto a casa seis meses antes con el corazón vacío. Convencido de que no tenía futuro, de que sus sueños estaban rotos para siempre.

En el hospital creía que su vida había terminado. Pero entonces recordó los ochenta acres de terreno que había comprado en Brushy Creek. Mientras tuviera aquello no lo había perdido todo. Esos ochenta acres eran su salvavidas, su razón para vivir cuando no le quedaba nada más.

Podía hipotecar la finca y hacerse una casa. Con el dinero que tenía ahorrado y un préstamo del banco podía construir una casa y comprar algunos caballos. Podía hacerlo.

Un mes antes estaba dispuesto a dejarlo todo. Su padre no lo necesitaba y el peso de su fracaso era demasiado para él.

Y entonces había conocido a Ryanne.

A partir de ese momento empezó a jugar con la idea de hipotecarse hasta las cejas para labrarse un porvenir. Sin saberlo, ella le había hecho repasar su vida. La primera noche, él le había aconsejado que siguiera adelante, que no se dejara vencer.

¿Podría hacer lo mismo que predicaba?

Siempre se había arriesgado para conseguir lo que quería. Su vida estaba sobre un caballo, en la arena. Mariclare, el rancho y todo lo demás era solo algo en lo que soñaba mientras esperaba el siguiente rodeo.

Había recorrido miles de kilómetros y dormido

en hoteles de cuarta categoría por el privilegio de arriesgar su vida delante de una multitud enfervorecida.

¿Y para qué? Por «algún día».

Se había contado esa mentira tantas veces que casi la creyó. Pero no era verdad. Estaba en el rodeo porque era lo que le gustaba. Porque era un egoísta. Porque mientras iba de ciudad en ciudad no tenía que pensar en el futuro.

Se sentía culpable. Todo el mundo en Brushy Creek lo veía como a un héroe porque había vuelto para ayudar a su padre, pero él sabía la verdad. Había vuelto a casa para esconderse del pasado y del futuro.

El rodeo se acabó y no tenía nada más.

Y entonces apareció Ryanne que, sin darse cuenta, lo había hecho sentir culpable por no saber qué hacer con su vida. Ella, sola, sin un céntimo, estaba dispuesta a tener a su hija sin ayuda de nadie.

Y Tom quería convertirse en el hombre que ella creía que era.

Ryanne era su última oportunidad. Podía seguir auto compadeciéndose o podía tomar un camino que nunca antes había tomado. Podía probar que Mariclare tenía razón... o redimirse ante sí mismo.

Ryanne y su hija lo hacían desear seguir adelante. ¿Era eso una locura? Él sabía que lo de ser «solo amigos» estaba destinado al fracaso. Desde que la vio en la parada del autobús no había podido dejar de pensar en ella.

Ryanne Rieger invadía sus sueños de día y de

noche. Al principio se decía a sí mismo que solo estaba preocupado por su bienestar, pero no era pena lo que sentía y no era amistad lo que deseaba cuando la tomaba por la cintura. Quería tocarla, besarla, acariciar su pelo...

Sus pensamientos se habían visto interrumpidos por la voz del director del banco, que le mostraba una cifra con cara de satisfacción.

Podía construir una casa para ella. Pero, ¿querría Ryanne? ¿Sería Nashville el pasado o volvería allí algún día?

—¿Ya has visto todo lo que tenías que ver? —le preguntó Tom, impaciente.

Ryanne se encogió de hombros.

—Hazme una oferta mejor.

—Te invito a comer.

—Vale —sonrió ella.

Eligieron un restaurante muy bonito al que solía ir con Birdie. Parecía un salón de té inglés, con cortinas de hilo blanco y flores en las mesas. La música clásica servía para dulcificar el sonido de las conversaciones.

Incómodo, Tom miró a las señoras que tomaban el té.

—Yo no pego aquí.

—¿Cómo que no?

Todas las mujeres levantaron la cabeza para mirarlo, como un niño miraría un helado. Y era normal. Con los vaqueros y la camisa blanca, Tom Hunnicutt estaba de cine.

–No sé por qué no hemos ido a otro sitio menos elegante –murmuró, mientras la joven camarera los llevaba hasta una mesa cerca de la ventana.

–Este sitio es precioso. Es como «el restaurante de la abuela».

–Sí, desde luego –masculló él, poniendo las manos sobre el mantel de hilo blanco. Al hacerlo, pareció darse cuenta de lo grandes y ásperas que parecían y las metió por debajo, cortado.

Un gesto que a Ryanne no le pasó desapercibido y que le pareció absurdamente entrañable.

–A mí me encanta este sitio.

–¿Ah, sí? Pues me parece que aquí de filete con patatas, nada.

–No seas pesado. ¿Por qué no pruebas la ensalada César? Está deliciosa.

Tom hizo una mueca de asco, como si hubiera sugerido que probase un plato de caracoles.

–¿Una ensalada? Yo solo como la lechuga que viene con las hamburguesas.

La camarera se acercó entonces con su cuaderno y Ryanne pidió por los dos: sopa de pescado y dos sándwiches de pollo a la plancha con aguacate.

Al menos, cuando les presentaron los platos, Tom tuvo la delicadeza de parecer sorprendido.

–Tiene buena pinta, ¿eh?

–Sí, no está mal.

–No se puede comer filetes con patatas todos los días.

–Sí, ya.

–Hombres –murmuró Ryanne.

–Mujeres –replicó él.

Después de comer, fueron al bufete de abogados. Tom se ofreció a entrar con ella, pero Ryanne
le dijo que prefería hacerlo sola.

–No tienes que hacerlo todo solo, chiquitaja. De
vez en cuando, es bueno pedir ayuda.

–Gracias, pero...

–Ya, no te preocupes. Iré a buscar una ferretería
o algo así para entretenerme.

–Si no te importa... ¡Maldita sea!

–¿Qué pasa?

–Que no llevo dinero para el abogado. He pa-
gado en la consulta del ginecólogo y...

Tom sacó su cartera del bolsillo y le dio cinco
billetes de veinte dólares.

–No creo que te cobre más, pero si es así puede
enviarte la factura a casa.

Ella rechazó el dinero.

–No, de verdad. ¿Cómo voy a devolvértelo?

–Vete de una vez, pesada. Vas a llegar tarde.

Ryanne salió de la furgoneta, suspirando, y
poco después le explicaba su situación al joven
abogado, Gordon Pryor.

–¿Hay alguna posibilidad de reconciliación entre ustedes?

–No.

–Quizá piense de otra forma cuando nazca el
niño.

–Llevamos seis meses divorciados, señor Pryor.
No habrá reconciliación.

–Muy bien. Como el embarazo no aparece en
los papeles del divorcio, tendremos que pensar en

el asunto de la custodia y el mantenimiento económico del niño.

—No sé si quiero que mi ex marido sepa que ha tenido un hijo. He venido solo para saber qué problemas podría tener con la custodia.

El hombre se apoyó en el respaldo de la silla, con las manos sobre la mesa.

—No puede mantenerlo en secreto. El apellido aparecerá en la partida de nacimiento y podría encontrarse con una batalla legal si su marido conoce la existencia del niño.

A Ryanne se le hizo un nudo en la garganta.

—Pero yo no quiero compartir la custodia de mi hijo. Y no necesito nada de mi ex marido.

—Ya veo —murmuró el abogado—. Entonces, ¿puede usted mantener al niño?

Ella miró al suelo. ¿A quién quería engañar? No tenía dinero ni para pagar la minuto del abogado.

—No lo sé.

—¿Cuánto dinero gana al mes, señora Rieger?

—En este momento, no estoy trabajando —contestó Ryanne.

No aceptaba un sueldo de Birdie porque, en realidad, no estaba trabajando. Bastante hacía la pobre con tenerla en su casa.

—Pero volverá a trabajar en cuanto haya nacido el niño, ¿no?

—No estoy de baja, es que no tengo trabajo. Tendré que buscar uno cuando nazca mi hijo.

—¿Tiene seguro médico?

—No —contestó ella. Tenía a Birdie, un viejo violín y muchos sueños rotos. Nada más–. Pero puedo pagar el hospital.

Pryor sonrió amablemente.

–Lamento decírselo, pero tengo la impresión de que va a necesitar ayuda económica de su ex marido.

–No quiero nada de mi ex marido. Hace meses que no sé nada de él y ni siquiera sé dónde está.

–Podemos localizarlo.

–¿Para qué? Él nunca quiso tener un hijo.

–Si supiera que va a tenerlo, quizá estaría interesado en aportar dinero para su cuidado y educación.

–Créame, mi ex marido es un irresponsable. No querrá saber nada.

En ese momento sonó el teléfono y Pryor hizo un gesto de disculpa.

Mientras hablaba, Ryanne estuvo dándole vueltas a la cabeza. Había pensado que podría borrar a Josh de su vida y seguir adelante sola, pero no parecía tan fácil.

Las preguntas del abogado le habían hecho abrir los ojos. Birdie y ella acordaron que se quedaría en Brushy Creek hasta que pudiera seguir adelante con su vida. Y tenía que tomar una decisión: seguir intentando abrirse camino en el mundo de la música o buscar un trabajo más convencional. Pero Ryanne había visto lo suficiente como para saber que, con la vida que lleva un músico, es imposible criar a un hijo.

Las estrellas pueden hacerlo, por supuesto. Se puede criar a un niño cuando se tiene dinero para contratar niñeras, pero no era su caso. ¿Cómo iba a cuidar de su niña si tenía que actuar de noche y servir mesas por las mañanas?

No tenía muchas alternativas. Debía olvidarse de los clubs y concentrarse en escribir canciones. Otros músicos podrían comprarlas y sería una buena fuente de ingresos.

Pero había un fallo en ese plan: alguien tenía que escuchar sus canciones. Y en Brushy Creek no había casas de discos.

De modo que la única solución era trabajar en el café de su tía Birdie e instalar una pequeña guardería en el almacén.

La historia se repetía, desde luego. Había sido suficiente para ella, pero Ryanne no quería eso para su hija.

En ese momento, Gordon Pryor colgó el teléfono.

–Lamento la interrupción. ¿Dónde estábamos?

–¿Hay alguna forma de evitar que mi ex marido tenga derechos de custodia?

–Desde luego –contestó él, explicándole los pormenores legales–. Cuando lo encontremos, le pediremos que renuncie a la patria potestad. Si quiere hacerlo, el problema está solucionado.

Ryanne le dio la última dirección conocida de Josh, su propia dirección y número de teléfono y pagó la visita con los cien dólares que Tom le había prestado.

Era un plan, al menos. Y tener un plan siempre es bueno, pensó. Pero tenía miedo. No creía que Josh pudiera estar interesado en la custodia de su hijo, pero quizá...

Daba igual. Si su ex marido quería la custodia, ella lucharía con todas sus armas para evitarlo. Aunque no tenía recursos económicos. Y tampoco quería colocar a su hija en medio de una horrenda batalla legal.

Capítulo 7

B RUSHY Creek se engalanaba con sus mejores faustos para la fiesta del pueblo. Cientos de visitantes llegaban desde todo Oklahoma para gastarse dinero y tal fuente de ingresos era aprovechada por todos los habitantes preparando cuidadosamente la fiesta desde semanas antes.

A las ocho de la mañana del gran día, el tranquilo pueblo estaba ya despierto y preparado para recibir a los turistas.

En la plaza, montones de casetas en las que se vendía desde cerámica local a platos de cocina típica de la zona. Los olores se mezclaban, tentando a la gente a aumentar su nivel de colesterol por un día.

Había banderas por todas partes y, en medio de la plaza, varios jóvenes colocaban el escenario y los altavoces para el baile que tendría lugar por la tarde. Incluso una radio local de Tulsa había instalado allí su furgoneta para retransmitir las festividades.

Era temprano, pero la gente ya estaba disfrutando de aquel día de fiesta, llevando con ellos sillas y mesas plegables que colocaban bajo los robles.

Birdie, en su propia caseta, estaba dándole el toque final al famoso estofado de carne con chile, el mejor de la comarca y con el que, cada año, ganaba el primer premio.

Su madrastra, satisfecha del resultado, colocó la tapadera sobre la enorme cacerola.

—¿Has quedado con Tom?

—Sí, después del desfile.

—Me han dicho que va a salir montado a caballo —dijo Birdie, secándose las manos en el mandil.

—La reina del rodeo lo ha convencido —sonrió Ryanne—. No contenta con aparecer llena de lentejuelas, tiene que llevar al pobre Tom a su lado para llamar la atención.

—Cuidado con esas reinas del rodeo —le advirtió su madrastra, muy seria.

—Lo tendré —sonrió ella.

—Hoy hace mucho calor. Ten cuidado, no tomes el sol.

—No.

—Y bebe mucha agua para no deshidratarte.

—Vale.

—Ah, y dile a Tom que te invite a comer. Recuerda que comes por dos.

—Sí, pesada. También miraré a ambos lados de la calle antes de cruzar y no hablaré con extraños.

—No te hagas la listilla.

—¿Yo? —sonrió Ryanne, dándole un beso.

—¿Niña?

—¿Sí?

—Que lo pases bien.

—Sí, señora —dijo ella, haciendo un saludo militar.

Cuando salió de la caseta, el sol la golpeó de lleno. Hacía un calor terrible y se alegraba de llevar una camiseta roja sin mangas y pantalones cortos. Pero con sus cómodas zapatillas de deporte y una visera para evitar el sol, iba dispuesta a pasarlo bien.

Estuvo echando un vistazo a las casetas y unos pendientes de plata llamaron su atención.

—¡Ryanne Rieger! No me lo puedo creer —exclamó la vendedora.

Ryanne reconoció a una antigua compañera del instituto.

—¿Kasey Pratt?

—La misma —sonrió la joven pelirroja, saliendo de la caseta para darle un abrazo—. Pero ahora me llamo Tench —añadió, mostrando una alianza.

—¿Te casaste con Jimmy? ¿Cuándo?

—Hace un año.

—No sabes cómo me alegro. Jimmy es un chico estupendo.

—Está por ahí. Seguro que le encantará volver a verte. ¿Hasta cuándo te quedas?

Ella se encogió de hombros.

—No lo sé.

—Felicidades por el niño.

—Gracias.

—Me han contado lo de tu marido. No sabes cómo lo siento —dijo Kasey entonces.

Ryanne soltó una carcajada.

—No se ha muerto en el fondo de una mina, solo me dejó. Y no pasa nada. A ver si charlamos un rato, ¿vale?

–Vale. Te buscaré por la tarde, cuando mi hermana se quede en la caseta.

–Estupendo. Ah, toma, que me llevaba los pendientes.

–Quédatelos. De regalo –sonrió su compañera.

–No puedo aceptarlos.

–¿Cómo que no? ¿Es que no puedo regalarle algo a una amiga de la infancia?

–Gracias –sonrió entonces Ryanne, incómoda.

Seguramente, todo el mundo sabía que no tenía un céntimo. Y hasta que otra familia de mofetas se instalara en la parroquia, ella sería el tema de conversación de todo Brushy Creek, estaba segura.

Poco después empezó el desfile y Ryanne se colocó en la acera. Primero pasó la banda del instituto, después las *majorettes,* los boy scouts, un grupo de nativos americanos vestidos para la ocasión... hasta el alcalde de Brushy Creek en un coche descapotable.

La persona más anciana de Brushy Creek era la bisabuela de Kasey, Alma Pratt. Y como fundadora del pueblo, iba subida a un camión, saludando a todo el mundo como si fuera la reina de Inglaterra.

Al final de todo, llegaban los caballos. La reina del rodeo iba delante, llena de lentejuelas. Y aunque era muy llamativa, la mayoría de la gente estaba mirando al hombre que iba detrás, montando un caballo negro.

Cuando Tom se tocó el sombrero haciéndole un guiño, Ryanne intuyó que era la envidia de todas las chicas del pueblo.

Y su corazón dio un vuelco. No solo por lo

guapo que era, aunque definitivamente había tenido suerte en ese aspecto, sino porque era un
hombre estupendo y todo el mundo parecía apre-
ciarlo.

Tom Hunnicutt tenía un buen corazón y eso era
algo evidente para todo Brushy Creek.

Era una persona honrada, alguien que nunca haría daño a los demás. Él no culparía a otros por sus
fracasos, como hacía Josh. Tom era un hombre de
palabra, un hombre de honor, algo que resultaba
enormemente atractivo.

Después del desfile, Tom devolvió el caballo,
esquivó las miradas insinuantes de la reina del rodeo y prácticamente salió corriendo para ver a
Ryanne. Pero tuvo que pararse una docena de veces para saludar a los vecinos, que querían decirle
cuánto lamentaban que hubiera tenido que dejar el
rodeo profesional.

Una vez, no mucho tiempo atrás, también él lo
lamentaba. Pero en aquel momento se alegraba de
que esos días hubieran terminado porque se sentía
más libre que nunca.

Cuando llegó al lado de Ryanne, ella estaba tarareando la canción que tocaba la orquesta.

Casi había olvidado que era cantante, pero al
ver su expresión... Antes de que lo viera, se acercó
al escenario y le hizo una seña al presentador.

Después, volvió al lado de Ryanne como si aca-
base de llegar y ella lo recibió con una sonrisa de
oreja a oreja.

–Mi niña está pegando saltos.

–¿Te duele?

–Qué va.

–¿Seguro? Si quieres tumbarte en alguna parte y levantar las piernas...

–Muchas gracias, pero estoy bien.

–Señoras y señores –empezó a decir entonces el presentador–. Acaban de decirme que tenemos un talento entre el público. ¡Recibamos con un fuerte aplauso a Ryanne Rieger!

El público empezó a aplaudir y Ryanne aplaudió con ellos... hasta que se dio cuenta de que acababa de oír su nombre. Sorprendida, miró a Tom, que la tomó de la mano para llevarla hasta el escenario.

–¿Se lo has dicho tú?

–¿Yo? –exclamó él con expresión de fingida inocencia.

Ryanne apenas tuvo tiempo de concentrarse antes de que el presentador pusiera un violín en sus manos. Nerviosa, se lo colocó sobre el hombro y, un segundo después, estaba tocando una canción popular que la orquesta siguió enseguida.

El público empezó a aplaudir al ritmo de la música y cuando llegó el solo de violín, ella estaba tan perdida en su mundo que apenas notó el silencio que la rodeaba.

El arco del violín parecía vivo en su mano y sus dedos encontraban cada cuerda con precisión. El solo era complejo, pero lo realizó con enorme habilidad. Estaba perdida en los acordes porque tocaba de corazón.

Tom la escuchaba, atónito. Ryanne no solo estaba tocando el violín, se había convertido en el instrumento. Él no sabía mucho de música, pero reconocía la belleza de aquella melodía.

Cuando terminó, Ryanne tenía al público comiendo de su mano y el aplauso fue atronador. Como no podía hacer un saludo, se levantó un poco el bajo de los pantalones cortos, sonriendo. La gente pedía más y, por fin, animada por la orquesta, decidió cantar una canción.

–Muchas gracias por recibirme con tanto cariño –dijo, sujetando el micrófono–. Ahora voy a cantar algo más lento: Crazy, una balada de Patsy Cline.

Junto con el resto del público, Tom se quedó boquiabierto al escuchar aquella hermosa voz.

Ryanne no era ninguna aficionada, era una profesional. Y su talento eclipsaba todo lo que hubiera visto antes.

Acababa de nacer una estrella, estaba seguro.

El corazón de Tom se encogió. Había estado loco, desde luego. No solo por construir castillos en el aire, sino por pensar que alguien como Ryanne querría vivir con él.

¿Por qué había pensado que una cabaña de madera sería suficiente para ella? Ryanne Rieger debía estar en un escenario, grabando discos, apareciendo en televisión. Había cometido un error con Mariclare y no pensaba cometerlo de nuevo. Sus sueños solo valían para él.

Ryanne tenía futuro en el mundo de la música. Mientras cantaba o tocaba el violín se transformaba, se convertía en otra persona. ¿Cómo podía

él competir con eso? Ni él ni Brushy Creek podrían retenerla.

No había olvidado su mundo. En absoluto. Solo
estaba recuperando fuerzas para volver a intentarlo.

La ironía de la situación no le pasó desaperci-
bida. Cuando él pensaba en echar raíces, Ryanne
Rieger estaba dispuesta a extender sus alas.

Ryanne terminó la canción y bajó del escenario
ante un aplauso atronador. Era maravilloso. Había
pasado tanto tiempo desde la última vez que actuó
delante del público... Le encantaba emocionar a la
gente, le encantaba subirse a un escenario. Una
pena que no pudiera vivir siempre bajo los focos.
Sobre un escenario, sentía que controlaba su vida.

—Te debo una, vaquero —le dijo a Tom.

—Pensé que te iría bien ejercitar las cuerdas vo-
cales —sonrió él, llevándola de la mano a un sitio
más tranquilo.

—Me hacía falta, la verdad. Gracias.

¿Había algo en aquel hombre que no fuera absolutamente perfecto?

—Quería oírte cantar.

—¿Y?

—Y me has dejado de piedra. No sabía que eras
tan buena.

—¿Qué esperabas?

—No lo sé. Una mezcla de Minnie Mouse y Ra-
tita presumida, supongo.

Ryanne le dio un puñetazo en el hombro.

—Y yo pensaba que eras el último hombre galante de la tierra.

Se sentaron en un banco de madera y estuvieron un rato mirando a los niños jugar sobre la hierba.

—Cantas muy bien, Ryanne. Cuando te subiste al escenario, eras otra. No entiendo cómo no te ha descubierto un cazatalentos.

Ella dejó escapar un suspiro.

—Gracias por el voto de confianza, pero hay muchos cantantes.

—Pero tú eres increíble. Tienes un talento impresionante.

—Muchas gracias, vaquero. Pero en Nashville hasta los taxistas cantan bien.

—No tendrás miedo de la competencia, ¿no?

Ryanne apartó la mirada. ¿Debía contarle cómo eran las audiciones? ¿Debía decirle que, a veces, ni siquiera te dejan cantar si no les gusta tu aspecto?

Demasiado bajita, demasiado delgada, demasiado morena... Lo había oído todo. No parecía una cantante de country, por lo visto. Siempre parecía estar en el sitio o en el momento equivocado.

¿Debía contarle a aquel buen hombre lo mala que es la gente? ¿Admitir que si hubiera querido acostarse con ciertos empresarios quizá habría conseguido grabar un disco? ¿Entendería él las humillaciones que un músico debe sufrir?

Ryanne estudió el perfil de Tom y decidió guardárselo. Aquella vez no ganaba nada compartiendo sus penas.

Capítulo 8

RYANNE estaba decidida a dejar de pensar en cosas tristes y pasarlo estupendamente. Su hija nacería dos semanas más tarde y aquella era su última oportunidad para ser libre y divertirse sin tener que cambiar pañales.

Pero Tom estaba más serio de lo normal. Sonreía de vez en cuando, pero le pasaba algo, estaba segura. Desde que actuó en el escenario, parecía quererle decir algo que no sabía bien cómo poner en palabras. Cuando le preguntó, él le aseguró que estaba bien. De modo que Ryanne no insistió. Al fin y al cabo, estaban de fiesta.

Después de comer, lo animó en una carrera de sacos y Tom le regaló el oso de peluche que había ganado. Pero cuando se quejó de que algunas chicas le tiraban los tejos, ella lo regañó por haberse puesto aquellos vaqueros que le quedaban como un guante.

A las cuatro, se encontraron con Junior y la viuda de Applegate. El padre de Tom estaba intentando convencerla para que se presentase al concurso de gritos, algo muy popular en Brushy Creek.

–Venga, Letha, tú puedes ganar con la boca cerrada.

—¿Estás diciendo que soy una gritona? —protestó la mujer.

Junior miró a su hijo con cara de angustia.

—Qué va. Solo digo que tienes unos buenos pulmones.

—Si tú te apuntas, yo también —dijo entonces Ryanne.

—¿En serio? Bueno, si tú te apuntas... Me gustaría ganar la banda azul para darles algo que hablar a las del bingo.

Tom intervino entonces:

—Ryanne, tú no sabes lo que es gritar.

—¿Que no? Yo puedo gritar como cualquiera —se encogió ella de hombros.

—¿Lo has hecho alguna vez?

—¿Gritar? Ya te digo...

—No me refiero a gritar por gritar.

—Yo no grito por gritar, guapo. Pero he tenido que hacerlo muchas veces para ganarme la vida.

—Venga, hijo —intercedió Junior—. Ella te ha animado en la carrera de sacos, ¿no?

—Pues nada, a gritar como si te fuera la vida en ello. Así ensayarás para el parto —dijo Tom entonces.

—¡Ay, qué horror! ¿Cómo puedes decir eso? —exclamó ella, dándole un soberbio puñetazo en el estómago.

—¡Ay! Bruta...

—Vamos, Letha. Tenemos que darle una lección a estos dos petardos —dijo Ryanne entonces, tomando a la mujer de la mano.

—Eso digo yo.

Más tarde, mientras tomaban tacos de guacamole, Ryanne se lamentaba por su humillante derrota.

–Nos han robado el premio.

–No sé yo. La verdad es que Tru Dildine grita como una condenada. ¡Qué pulmones!

–Pero era un grito sin ninguna creatividad –protestó ella. Tom y Junior soltaron una carcajada–. No os riáis, yo he gritado en *vibrato cantabile*.

Por supuesto, eso hizo que los dos hombres casi se cayeran de la silla.

–¿Has gritado como en una ópera? –le preguntó Letha.

–Pues claro.

–Eso lo explica todo.

Después de las risas, se acercaron a la noria pero Ryanne decidió no subir... por si acaso. Dejaron a Junior y Letha muy animados y fueron a dar una vuelta por las casetas.

Entonces se encontraron con Jimmy y Kasey Tench. Su amigo, que seguía siendo un chico encantador, parecía muy enamorado. Aparentemente, todo el mundo en Brushy Creek llevaba una vida estupenda. Trabajando con sus padres, dando clases en el instituto o llevando una granja, sus viejos compañeros de instituto se habían labrado un porvenir y, la mayoría, tenían una familia.

¿Era ella la única que iba hacia atrás?

–Te hemos oído cantar. Eres maravillosa –exclamó Kasey–. No sé cómo la gente de Nashville ha dejado que te fueras. Si grabases un disco, yo lo compraría inmediatamente.

—Gracias —sonrió Ryanne.

La pobre Kasey lo había dicho como si ella hubiera huido de Nashville en la oscuridad, perseguida por una multitud de cazatalentos y empresarios empeñados en que grabase un disco.

Una pena que nadie en Brushy Creek tuviera una discográfica. Si fuera así, se haría famosa de la noche a la mañana.

A las cinco se acercaron a la caseta de Birdie, donde estaba teniendo lugar el concurso de cocina. Los jueces se lo tomaban muy en serio y probaban cada plato anotando después la calificación en sus cuadernos.

Su madrastra les hizo un gesto de triunfo con el dedo. Podía hacerlo con justicia. Llevaba años ganando.

Y nadie se sorprendió cuando los jueces anunciaron que la ganadora, por décimo año consecutivo, era ella. Pero Birdie fue suficientemente generosa como para aparentar cierta humildad... mientras les recordaba a todos que podían disfrutar de su estofado de carne con chile en el café.

Menuda mujer de negocios estaba hecha. Si no fuera por ella...

—Dos platos de estofado —dijo, haciéndoles un hueco en la mesa—. Venga, Ryanne, come. Seguro que no has comido nada más que porquerías.

—Pero tía Birdie...

—A comer. Necesitas un poco de estofado para el niño.

–Pero si está muy fuerte... –murmuró ella, mirando a Tom con cara de súplica. La verdad era que había comido muchas porquerías y no tenía hambre.

–Está delicioso, Birdie –intervino Tom, su salvador–. Pero Ryanne ha comido demasiado.

–¿Ah, sí? Pues será la primera vez porque come como un pajarito.

–He comido dos trozos de sandía y tacos de guacamole.

–¡Pues vaya comida! –exclamó su madrastra.

–Y algodón dulce.

–Y dos coca–colas. Y una bolsa de almendras garrapiñadas... y un perrito caliente –añadió Tom.

–¿Estás intentando matarte? –exclamó Birdie entonces.

–Me he dejado llevar –suspiró Ryanne, muy dramática–. Quería probarlo todo.

–Nunca has podido hacer las cosas con calma –suspiró la mujer–. Y hay que pensar en las consecuencias de lo que se hace, hija.

–En otras cosas estoy siendo un modelo de comportamiento –dijo Ryanne, mirando a Tom de reojo. Pero este no pareció darse por aludido.

–Pues espero que no tengas una indigestión. No sería bueno para el niño.

–Yo me encargaré de que no siga comiendo porquerías –dijo Tom entonces.

–Vale. Y ahora, adiós. Dejad sitio para alguien que pueda apreciar mi estofado –los echó Birdie sin miramientos.

Los dos salieron de la caseta como niños a los

que había regañado la maestra y se dirigieron hacia la plaza, donde estaba a punto de empezar el baile.

Tom le pasó un brazo por los hombros y Ryanne experimentó una extraña sensación, como un cosquilleo que le llegaba hasta la boca del estómago.

Si poniéndole un brazo en el hombro la hacía sentir así, ¿qué pasaría si la besara?, se preguntó.

Pero... ¿en qué estaba pensando? Esa no era la actitud de una mujer que ha decidido enfrentarse con la vida, sino la de una mujer que no puede vivir sin un hombre.

Y eso era precisamente lo que Ryanne había jurado no ser nunca.

Además, debía de ser malo que una mujer embarazada de nueve meses tuviera pensamientos pecaminosos sobre un hombre que solo es su amigo. Ir de escaparates es una cosa y probarse las prendas... algo muy distinto. Debía tener cuidado. No podía volver a meter la pata.

Necesitaba un amigo mucho más que un amante.

Birdie tenía razón. Siempre hacía las cosas sin pensar. Se fue a Nashville cuando era una cría, se había casado con Josh sin conocerlo siquiera... y se había puesto límites con Tom sin pensar en las consecuencias.

Tenía que ser más cuidadosa.

Por la noche, Tom y Ryanne fueron al parque para ver los fuegos artificiales.

—¿Qué te pasa? Estás muy callado.

—Estaba pensando.

—Hoy no se puede pensar. Hay que pasarlo bien.

—También lo he hecho.

Se sentaron bajo un árbol y Ryanne, al apoyar la espalda en el viejo roble, se dio cuenta de lo que cansada que estaba.

—Creo que ha llegado la hora.

—No. Todavía falta un rato para que empiecen.

—No estaba hablando de los fuegos artificiales —dijo Ryanne entonces.

—¿Entonces?

—Es hora de que me hables de Mariclare. Has estado pensando en ella, ¿no?

—Entre otras cosas.

—Pues te toca, amigo. Hasta ahora, yo te pido ayuda y tú siempre estás dispuesto, te pido consejo y me lo das. Quiero que me hagas compañía y siempre estás ahí. Es tu turno de contarme cosas.

Tom dejó el sombrero sobre la hierba y se pasó una mano por el pelo. Quería contárselo. Necesitaba contárselo, pero le costaba trabajo encontrar las palabras.

—Te dije que perdí la concentración el día que Hellbender me pateó, ¿verdad?

—Sí, el día del accidente.

—Lo que no te conté es por qué había perdido la concentración. Y quiero que lo sepas.

—Me parece muy bien —sonrió ella.

—En ese momento vivíamos en Fort Worth, Dallas. Mariclare trabajaba como profesora y yo... se supone que vivía con ella, pero la verdad es que estaba casi siempre en la carretera. En el rodeo hay un dicho: «si no te mata un caballo, te mata el coche».

—¿Ella no viajaba contigo?

—No. No le gustaba el rodeo ni la gente del rodeo.

—Pero sabía que era muy importante para ti, ¿no?

Tom se encogió de hombros.

—Crecimos juntos y me conocía mejor que nadie. Ella sabía que lo mío era el rodeo y yo que lo suyo era el arte. Para entonces, yo ganaba mucho dinero y me llevaba premios en todas las finales, pero Mariclare insistía en que lo dejara. Yo le dije que lo haría... algún día. Hablamos de volver a Brushy Creek y construir una casa en la finca que había comprado.

—¿Eso era lo que ella quería?

—Yo pensé que sí —suspiró Tom—. No... la verdad es que nunca le pregunté. Solo me arrogué el derecho de elegir por ella.

—¿Qué pasó?

—Mariclare terminó la carrera de Bellas Artes y expuso en varias galerías. Yo notaba que estábamos cada día más alejados y un día me llamó para decir que nos veríamos en Pecos. Era la gran final del año y eligió precisamente ese día para darme un ultimátum.

—¿Qué clase de ultimátum?

—O dejaba el rodeo o adiós.

Tom no había querido creerla, pero la expresión de Mariclare lo decía todo. Quería seguir adelante con su vida y el rodeo no podía formar parte de ella.

–¿Así, sin más?

–Me dijo que tenía una oferta para dar clases en un colegio privado de Connecticut y quería que fuera con ella.

–¿Y qué dijiste tú?

–Le pregunté qué iba a hacer yo en Connecticut –murmuró Tom.

Se había sentido acorralado. Mariclare quiso arrinconarlo y lo consiguió.

–Podríais haber llegado a algún tipo de acuerdo.

–No me lo permitió. Era eso o nada. Había aceptado el puesto y empezaría a trabajar al mes siguiente.

–Entonces, ¿se marchó cuando estabas en el hospital?

–La verdad es que no le di otra posibilidad.

Y Mariclare tampoco se la dio a él.

–Podrías haberla llamado cuando te recuperaste.

Tom negó con la cabeza. Entonces estaba demasiado ocupado auto compadeciéndose como para pensar en otra cosa.

–¿Por eso perdiste la concentración?

–Una bronca con tu novia delante de los compañeros puede distraerte mucho.

–Debería haber elegido mejor momento –murmuró Ryanne.

–Lo intentó, la verdad. Muchas veces, pero yo no la dejé. Solo yo soy responsable por lo que pasó.

No estaba resentido con Mariclare. Ella tenía razón: había sido un «egoísta hijo de perra» que ponía el rodeo por encima de todo lo demás. Esperaba que todo girase en torno a él y nunca consideró que Mariclare tuviera sus propios sueños.

Y había estado a punto de cometer el mismo error con Ryanne.

A Tom no le resultaba fácil contar sus problemas y ella sabía que debía consolarlo. Al fin y al cabo, para eso están los amigos.

Su primer impulso fue abrazarlo, pero no se atrevió.

—Lo siento. Mariclare y tú estuvisteis juntos mucho tiempo y sé cómo la querías.

—Ya no se puede hacer nada —murmuró él, sin mirarla.

Su obstinada negativa solo hizo que Ryanne deseara abrazarlo de nuevo, acariciar el hoyito de su mejilla, poner la cabeza del hombre sobre su vientre...

Pero tenía miedo de tocarlo. Y, sobre todo, tenía miedo de sus arrebatos impulsivos. Sentía algo por Tom, pero no entendía bien qué era y no podía arriesgarse.

—¿De verdad?

—Está casada con un escultor y es muy feliz.

—Tú también mereces ser feliz.

—Estoy intentándolo.

—Puedes volver a enamorarte —dijo Ryanne entonces en voz baja, como si hablase con un caballo al que no quería asustar—. Todos cometemos errores. Yo me casé demasiado rápido, tú esperaste demasiado. La vida no ofrece garantías.

Cuando Tom vio que sus ojos se habían llenado

de lágrimas sintió una emoción que lo golpeó en el estómago como la coz de una mula. Ojalá nunca se hubieran conocido, pensaba. Pero la había deseado desde que la vio en la parada de autobús, descalza, despeinada y furiosa.

Ryanne alegraba su corazón y debería odiarla por recordarle que seguía vivo. Pero, ¿cómo podía odiarla si estaba enamorándose de ella?

Aquel pensamiento fue como una segunda coz.

¿Era amor? ¿O era tan solo que aprovechaba la primera oportunidad? Había estado apartado del mundo durante un año y estaría loco si dejara que un espíritu libre como Ryanne rompiera la fortaleza que él mismo había levantado alrededor de su corazón.

Completamente loco.

No había planeado lo que ocurrió después. No lo pensó, simplemente ocurrió. La tomó por los hombros y acercó su cara. Envueltos en las sombras de la noche, podían ser la única pareja que quedaba en el mundo.

Ryanne abrió los labios, temblando. ¿Podría sentir Tom su deseo como ella sentía el suyo?

¿Cuándo había empezado a desearlo? ¿Desde cuándo tocarlo era una necesidad imperiosa? ¿Aquel deseo habría estado allí siempre, desde que tenía doce años?

–Tenemos que hablar.

Eso era lo último que Ryanne quería hacer. Hablar y pensar son la misma cosa: poner los pies en el suelo. Y ella quería soñar. Quería abrazos y besos. Quería sentirse protegida.

Y entonces vio el deseo en los ojos del hombre. Era un deseo imposible de disimular. ¿Tan frívola era que disfrutaba tonteando con aquel hombre herido? Tom Hunnicutt se merecía algo más que eso.

–Tom, por favor...

Él no sabía si Ryanne quería parar o seguir adelante. Pero daba igual. Sin poder evitarlo buscó su boca y, en cuanto sintió la humedad de los labios femeninos, perdió el poco control que le quedaba. Fue un impacto, como el de dos almas que se encuentran.

Ella era tan dulce... sus labios suaves, generosos. Cuando se apretó contra él, el fuego se volvió un incendio.

Pero fue el dulce gemido de rendición lo que casi lo volvió loco. Si un simple beso podía hacerle perder la cabeza, ¿qué pasaría cuando hicieran el amor? ¿Se movería la tierra, se convertiría en polvo?

¿Qué más daba?

Aquello era un error, pensaba Ryanne. Pero los labios de Tom hacían que se derritiera, que sintiera un río de lava entre las piernas, que su corazón latiera como si fuera a explotar.

¿Cómo podía eso ser malo?

Pero antes de que ardiera por combustión espontánea, la niña le dio una patada. No una patadita suave, sino un patadón. Era muy triste que, de los tres, una niña que no había nacido fuera la única con sentido común.

–¡Maldita sea, vaquero! –exclamó, intentando

esconder su emoción tras una ira falsa–. ¿Qué demonios estás haciendo?

Tom se apartó, con una expresión burlona en el rostro.

–Si tienes que preguntar, es que necesito práctica.

–No tenías por qué besarme.

–Quizá no, pero tú me has devuelto el beso.

Era una observación más que una acusación.

–Me has engañado.

Le hubiera gustado ponerse de pie para echarle una bronca, pero no podía hacerlo sin su ayuda.

–¿Cómo que te he engañado?

–Yo tengo las hormonas como locas, tú eres demasiado guapo y... ¡no es justo!

–¿Por qué estás tan enfadada?

–Porque esto lo cambia todo.

–Ah, menos mal. Por un momento había pensado que no te gustaban mis besos.

–No tiene gracia. Ahora ya no podemos ser amigos –murmuró Ryanne, con lágrimas en los ojos.

Su castillo de naipes se había ido a la porra solo por un beso. Un beso estupendo, desde luego. Un beso como para morirse.

Tom se cruzó de brazos.

–Explícame por qué no.

–Teníamos unas reglas, unas expectativas. Y tú te has pasado de la raya, vaquero. Ya no somos amigos.

–Dijimos que, si alguno de los dos quería ser otra cosa, evaluaríamos el asunto de nuevo.

–¡Dentro de unos años! Y eso había que hacerlo

antes. No besarse y evaluar de nuevo después. Lo has estropeado todo.

—¿Quién lo dice?

—Yo. Lo has estropeado todo. Estoy muy disgustada.

—Pues no parecías disgustada cuando estaba besándote —sonrió Tom.

—¡Se supone que tú eras el juicioso! ¡Se supone que tú eras el que piensa las cosas dos veces!

—Y los dos sabemos adónde me ha llevado eso —replicó él entonces.

—Pero yo soy la impulsiva, la que no piensa en las consecuencias. Creía que eras más sensato, Tom Hunnicutt.

—Soy sensato. Y besarte me ha parecido lo más sensato que he hecho en mucho tiempo.

—Sí, vale, pero ya no podemos ser amigos.

—Yo no quiero que seamos solo amigos, Ryanne —dijo Tom entonces, ayudándola a levantarse.

—No puede haber nada más entre nosotros. Yo tengo cosas que hacer —dijo ella tocándose el vientre, como recordándole que había algo más importante en su vida—. No puedo meterme en una relación a estas alturas del partido.

—¿Por qué no? Yo no veo nada malo en que dos personas empiecen una relación amistosa y acaben saliendo juntos.

Ryanne lo señaló con un dedo acusador.

—¡No vamos a salir juntos! ¡Nunca!

—Nunca digas nunca jamás...

—Hay dos clases de personas, los que se apoyan en los demás y los que son el apoyo de todo el mundo. Y yo no pienso apoyarme en alguien durante el resto de mi vida.

–No necesitas apoyarte en nadie, Ryanne. Solo estás temporalmente... fuera de juego.

–Mira, yo no quiero un novio. Lo que necesito es un amigo.

Tom sonrió.

–Podemos seguir siendo amigos.

–No lo entiendes. Ya no podemos ser amigos. Teníamos un acuerdo, pero ese beso lo ha estropeado todo.

–¿Por qué?

–Porque ahora voy a tener que evitarte, Tom Hunnicutt. Y no será fácil en un pueblo tan pequeño como Brushy Creek. Intentaré no pensar en ti, pero seguramente acabaré creyendo que todo ha sido culpa mía...

Justo en ese momento empezaron los fuegos artificiales. Eran preciosos, pero no tan impresionantes como los que Tom había despertado con su beso.

¿Por qué había tenido que hacerlo?

–Ryanne, cálmate. No es el fin del mundo. Puede que sea el principio de algo.

–No... ¡Ay! –exclamó ella, sujetándose el vientre.

Acababa de sentir un intenso dolor, como una contracción. ¿Serían los dolores de parto o las falsas contracciones sobre las que el doctor Scott le había advertido?

Quizá era real, quizá estaba a punto de tener a su hija. ¿Cómo podía saberlo?

«Tú lo sabrás», le había dicho el médico.

—Yo no sé nada.

—¿Qué pasa? —preguntó Tom.

—¡Ay! ¡Busca a mi tía Birdie! —exclamó Ryanne, sujetándose el vientre—. No me encuentro bien.

Capítulo 9

NO TARDÓ en encontrar a Birdie, que inmediatamente asumió el control total de la situación. Tom intentó hablar con Ryanne, pero su madrastra lo despidió sin contemplaciones y la metió en el jeep.

Quería llevarla a Claremore inmediatamente, pero ella insistía en esperar un poco como el ginecólogo le había dicho. Cuando los dolores desaparecieron tan repentinamente como habían aparecido, decidió que era contracciones falsas y se fueron a casa.

Estaba aliviada y, a la vez, desilusionada. La falsa alarma le había recordado que muy pronto sería madre. Y estaba deseando ver a su hija.

En casa, no podía relajarse a pesar de que Birdie la arropó, le dio un té de hierbas, un masaje en los pies... Pero nada, Ryanne seguía intentando entender sus sentimientos por Tom.

No podía negar que se sentía atraída por él, pero no quería confundir una simple atracción física con el amor. Lo había hecho una vez, con resultados desastrosos. También le preocupaba que lo que sentía por Tom fuera en realidad el deseo de encontrar un padre para su hija.

Una madre soltera es algo perfectamente aceptado por todo el mundo, pero ¿no es lo más lógico desear lo mejor para un hijo?

Más tarde, cuando Tom llamó por teléfono, fingió estar dormida para no tener que hablar con él. No sabía qué decirle.

Y, sobre todo, no podía olvidar el beso. Aquel beso que había roto su amistad y que la había hecho sentir como en otro mundo.

–Ha llamado «ya sabes quién» –le dijo Birdie–. Estaba nerviosísimo. ¿Qué le has hecho, hija?

Ryanne se puso a roncar, pero su madrastra no se lo tragó.

–No vas a marcharte hasta que conteste, ¿verdad?

–No. ¿Qué ha pasado?

Ryanne se sentó en la cama.

–Nada.

Todo, en realidad.

Birdie le colocó la almohada y se sentó a su lado.

–¿Te ha hecho algo? Porque si te ha hecho algo...

–No me ha hecho nada.

–Entonces, ¿qué ha pasado?

–Nada... bueno, vale, si no vas a dejarme en paz... ¿Se te ha ocurrido alguna vez que podrías trabajar para la CIA?

–Ryanne Elizabeth Rieger... –empezó a decir Birdie. Que usara su nombre completo significaba que estaba perdiendo la paciencia.

–¡Me ha besado! ¡Hala, ya lo sabes! –exclamó Ryanne, tapándose la cara con las manos.

–¿Eso es todo? –preguntó su madrastra, levantándose y alisando el edredón.

–¿Eso es todo? ¿No te parece suficiente?

–Poca cosa.

–¿Qué?

–¿Es que no lo veías venir, hija?

–No. Teníamos un acuerdo –dijo Ryanne entonces. Después, le explicó las condiciones de tal acuerdo.

Y Birdie soltó una carcajada.

–Eso te pasa por firmar pactos con el diablo.

–No tiene gracia. Es el final de nuestra amistad. Y yo necesito un amigo –sollozó Ryanne, secándose las lágrimas con el embozo de la sábana.

–Lo sé. Estás hecha un lío –murmuró su madrastra, dándole un abrazo.

Sí, era cierto. Estaba hecha un lío. Aquel era el peor momento para tomar decisiones ya que su prioridad era dar a luz y decidir de una vez por todas qué iba a hacer con su vida.

–Cuando tengas al niño y estés un poco más centrada verás las cosas de otra forma.

–No lo creo.

–Ya verás como sí.

–Me prometí a mí misma que no volvería a relacionarme con un hombre.

–¿Y qué piensas, hacerte monja?

–¡No!

–Además, te advierto que Tom Hunnicutt no es un hombre cualquiera.

–¿Ah, no? ¿Y qué es?

–El hombre de tu vida –contestó Birdie. Ryanne

se quedó sin habla–. No puedo creer que no te hayas dado cuenta. Sois perfectos el uno para el otro: él es alto, tú bajita. Él es serio, tú alegre. Él es cauto, tú una loquilla. Él tiene los pies en el suelo y tú eres una soñadora. Una pareja perfecta.

–¿Perfecta? ¡Pero si no tenemos nada en común!

–Los opuestos se atraen.

–Sí, ¿y sabes lo que pasa después?

–No seas cabezota. Todo el mundo sabe que Tom y tú vais a terminar juntos.

–¿Todo el mundo? –exclamó Ryanne.

–Todo el pueblo habla del asunto. Incluso creo que han hecho una porra...

–¿Qué?

–Una porra. Ya sabes, han apostado dinero para...

–¡Sé perfectamente lo que es una porra! Pero no puedo creer que lo hayan hecho.

–Creo que la empezó Tub Carver.

–Esto es increíble. ¡Ridículo!

–En Brushy Creek nunca pasa nada emocionante. Y ahora, vete a dormir.

Birdie cerró la puerta, dejándola sola con sus pensamientos.

–Una porra –murmuró.

Todo el pueblo esperaba que se casase con Tom Hunnicutt. ¿Tan predecible era? Estupendo, se había convertido en la mayor fuente de diversión.

Entonces se le ocurrió algo peor. Tom lo sabía. Sabía lo de la porra, lo de los comentarios... Por eso la había mirado con aquella expresión burlona.

Pensaba que su decisión de estar sola era una broma.

Como su acuerdo de ser solo amigos. Nunca había pensado hacer honor a esa promesa. Y ella había caído en la trampa. ¡Sería ingenua!

Pero no pensaba darle otra oportunidad. Iba a declararse en rebeldía.

Estaba a punto de ponerse el sol, pero seguía haciendo calor. Aun así, Tom tenía mucho trabajo que hacer.

Mientras descargaba los maderos con los que pensaba construir una cerca recordó que habían pasado tres días desde el beso.

Aquella noche en el parque, Ryanne explotó como uno de los fuegos artificiales. ¿Quién habría pensado que un simple beso iba a despertar tal cantidad de emociones?

Había intentado hablar con ella varias veces, pero no se ponía al teléfono. Por la mañana fue a verla a su casa, pero se negó a abrir la puerta. Incluso le gritó que se fuera.

Birdie le había asegurado que solo necesitaba un poco de tiempo para pensar. Él también necesitaba tiempo y tardó dos cafés y tres pedazos de pastel de mora en tomar una decisión.

No pensaba quedarse esperando sin hacer nada. Seguiría adelante como si Ryanne no estuviera enfadada. No importaba que tuviera talento, no importaba que pudiera ser una cantante de éxito. Tendría que vivir en algún sitio. ¿Por qué no con él?

Construiría la cabaña para Ryanne y para su hija. Y, aunque tuviera que volar por todo el mundo, siempre tendría un sitio al que volver.

Pero, ¿y si no cambiaba de opinión?

No podía ser. Él la convencería.

Aquel día en el banco, el director había escuchado su plan con mucho interés: podría utilizar el granero que compró con la parcela, aunque habría que reformarlo, pero tendría que construir la casa y los establos. Y la verja.

Era justo lo que necesitaba: un proyecto. Trabajo para quitarse a Ryanne de la cabeza.

Si necesitaba tiempo, se lo daría. Pero tenía que hacer algo.

—¿Necesitas ayuda, hijo? —le preguntó Junior.

—No.

El hombre se apoyó en la furgoneta, de brazos cruzados.

—Cuando descargues toda esa madera, ¿quieres venir conmigo a cenar?

—No.

Imperturbable, Junior siguió observando a su hijo descargar maderos de metro y medio.

—¿Te apetece jugar al póquer?

—No.

—¿Te gustaría aparecer en un programa de televisión? Podríamos ir a uno de esos en los que tratan de «padres preocupados e hijos que los ignoran».

Tom se secó el sudor de la frente con un pañuelo.

—No.

—¡Maldita sea! ¿Vas a hablar conmigo o no?

—No.

—¿Qué pasa entre Ryanne y tú? —le preguntó Junior entonces.

—Eso no es asunto tuyo.

—¿Por qué te estás portando como una mula?

—Es un defecto genético.

—Tenemos que hablar —insistió su padre.

Tom soltó las maderas y le pasó un brazo por los hombros.

—Tú ganas. Ayúdame a hacer cien agujeros y podremos charlar.

Junior miró a su hijo con expresión horrorizada.

—No tengo tantas ganas.

Él soltó una carcajada.

—Ya me lo imaginaba. Pero te quiero de todas formas, viejo.

Tom golpeaba los postes con un martillo pilón. Estaba agotado, pero eso era justo lo que quería. Algo que lo dejara exhausto para poder caer en la cama derrengado y no pensar en cierta jovencita embarazada.

Pero cuando terminó de clavar el décimo poste, se dio cuenta de la futilidad de su plan. Quería dejar de pensar en ella, pero era imposible.

El beso que le dio a Ryanne en el parque había despertado en él deseos que creía dormidos para siempre. Deseos de matrimonio, de hijos.

Suspirando, dejó el martillo en el suelo y se dirigió a la furgoneta para beber agua. Pero lo que necesitaba era un buen vaso de whisky. Aunque había dejado de beber unos años antes.

Y de fumar, algo que también echaba de menos. Era una pena que se sintiera tentado de repetir viejos hábitos por culpa de una chica.

Quizá una ducha bien fría haría que dejase de pensar en ella. ¿Qué había tan atrayente en una mujer con forma de pera de agua? No era la primera morena guapa que conocía.

Entonces, ¿por qué su vida estaba patas arriba? Ryanne Rieger le había hecho creer que podía empezar de nuevo, que podía enamorarse otra vez.

Era por ella por lo que estaba matándose a trabajar. Era por ella por lo que estaba a punto de sufrir una insolación. Ella le hacía desear construir algo de la nada y demostrarle a todo el mundo que era un hombre con futuro.

Y lo volvería loco de remate si no tenía cuidado.

Incapaz de enfrentarse con la gente, Ryanne se escondió en casa. Estar sola parecía la mejor manera de no pensar en Tom, de modo que se dedicó a limpiar cristales, pasar el polvo, abrillantar el suelo de madera y dejar la casa como una patena.

–¿Por qué limpias tanto? –le preguntó Birdie–. No debes trabajar demasiado. No es bueno para el niño.

Ella levantó la cabeza, con la expresión de una mujer poseída.

–Me gusta limpiar.

Su madrastra tomó un sorbo de café.

–He visto curas haciendo exorcismos con menos dedicación de la que tú pones en ese trapo del polvo.

Ryanne miró el trapo y, de repente, estalló en lágrimas.

–¿Qué me pasa, tía Birdie?

–No te pasa nada, cariño –sonrió la mujer, dándole un abrazo–. Lo que haces es normal.

Sorbiendo las lágrimas, Ryanne dio un paso atrás y apartó una microscópica mota de polvo que había tenido la temeridad de caer en su inmaculado suelo.

–Entonces, ¿no me estoy volviendo loca?

–No, solo estás preparando el nido. Es la naturaleza, hija. Haces lo mismo que todas las madres.

–¿Tú crees? –murmuró ella, tomando una miguita de pan y tirándola a la basura como si fuera un vertido tóxico.

–Estás siguiendo el plan de la naturaleza, cariño. Aunque a lo bruto, como siempre –sonrió Birdie.

Ryanne sonrió también. Su madrastra era maravillosa. Habían decidido... bueno ella había decidido que no podían hablar de Tom, y Birdie seguía la orden a rajatabla... bueno, no del todo porque cada noche le comentaba si se había pasado por el café, qué camisa llevaba... Pero nada más. La respetaba y era la mejor madre adoptiva del mundo. Aunque no fuera la mejor ama de casa.

En una de sus misiones de «búsqueda y destrucción de cosas inútiles» Ryanne había encontrado un montón de revistas de los años setenta, que tiró inmediatamente a la basura.

–Ah, qué bien. Iba a tirarlas yo.

–¿Cuándo, en el siglo XXII? –replicó ella, irónica.

Una mañana sacó todas las alfombras de la casa y, rabiosa, además de golpearlas como una fiera para quitarles el polvo, las puso verdes. Lavó las paredes con aguarrás y echó tanta cera al suelo que dio varios resbalones. Eso sí, podía verse las braguitas como en un espejo.

Los armarios, limpios como una patena, los electrodomésticos grandes y pequeños pulidos hasta convertirlos en azogues... prácticamente había que ponerse gafas de sol para entrar en la cocina.

En el jardín no quedaba una sola mala hierba. Y si quedaba alguna, se había escondido, muerta de miedo. Todo lo que necesitaba ser reparado había sido reparado, todo lo que necesitaba pasar por la lavadora pasó... tres veces, con lejía.

La casa estaba preparada para recibir a su hija; más que eso, parecía un quirófano.

Y una tarde, sin nada más que asesinar... limpiar, Ryanne esperó en el porche, sentada en el balancín cuyas cadenas habían dejado de chirriar después de echarles litro y medio de aceite.

Birdie llegó cuando ya había anochecido y se sentó a su lado.

–Malas noticias, hija. Mi prima Kibby ha muerto.

–¿No me digas?

–Sufrió un infarto mientras estaba regando los tomates.

–Pobrecilla –murmuró Ryanne. No había visto a Kibby en muchos años, pero recordaba que solía

prepararle huevos revueltos con jalapeños para desayunar.

–De pequeñas éramos como hermanas –suspiró
Birdie–. Pero desde que me casé con Swimmer
solo podíamos vernos de vez en cuando. Quería ir
a verla a Tahlequah, pero nunca encontraba
tiempo.

–Al menos, no sufrió nada. Eso es de agradecer.

–Kibby se ha ido como quería. Rápidamente,
sin dar guerra a nadie. Y bajo el sol. Ha sido una
buena muerte.

–Desde luego.

Se quedaron un rato en silencio, columpiándose
en el balancín.

–Cuando pasa algo así, uno se pone a pensar
–murmuró Birdie por fin.

–¿Sobre qué?

–Sobre hacerse viejo.

–Tú no eres vieja, tonta.

–Aún no, pero pronto lo seré.

–¿Vais a ir al entierro de Kibby?

–Debería haberla visitado cuando estaba viva.
Ahora solo puedo decirle adiós.

El entierro tendría lugar dos días más tarde y
Birdie expresó su preocupación por dejarla sola
cuando estaba a punto de dar a luz.

–No te preocupes por mí. Aún me queda una semana y cuando vuelvas, seguiré aquí.

–Me iré mañana por la tarde y volveré el miér-
coles por la noche. No hagas ninguna tontería
hasta entonces, ¿eh? A ver si vas a tener al niño sin
mí.

—Yo nunca haría eso —sonrió Ryanne.

La idea de quedarse sola le daba un poco de miedo, pero no pensaba decírselo.

—Has sido una buena hija para mí —dijo entonces su madrastra—. Aunque no llevemos la misma sangre, nuestros corazones han crecido juntos.

—Y yo nunca podré darte las gracias por todo lo que me has dado.

—¿Cómo que no? Me das las gracias estando aquí, compartiendo a tu hijo conmigo. Y dejando la casa como si la hubiera limpiado un batallón.

Capítulo 10

BIRDIE se marchó al día siguiente y Ryanne deambuló por la casa buscando algo que hacer. Nada. Gracias a sus tácticas de limpieza, ni siquiera había una revista descolocada.

Y Froggy, el perro de Birdie, no era nada divertido. Solo se tumbaba en el suelo y movía la cola de vez en cuando. Además, ya lo había lavado con champú...

Solo le quedaba una cosa: hacer galletas. Cuando se enfriaron, llevó la bandeja al salón y encendió la tele para ver una vieja película. Pero ni siquiera Hepburn y Tracy podían hacer que dejara de pensar en Tom.

Se negaba a hablar con él. Incluso le había dicho que la dejara en paz cuando fue a visitarla. Y, aparentemente, él había tomado la orden al pie de la letra porque no volvió a llamar.

Llevaba muchos días sin verlo y estaba orgullosa de sí misma. Había sido firme, decidida, seria.

Idiota.

No había esperado echarlo tanto de menos.

Después de la tercera galleta, Froggy la miró con cara de reproche. ¿Birdie habría reclutado al can como policía durante su ausencia?

–¿Qué? Necesito azúcar –le espetó, con la boca llena. El perro siguió mirándola–. Vuelve a dormir y déjame en paz.

Cuando iba a comerse otra galleta, alguien llamó a la puerta. Deseando tener una grúa, Ryanne se levantó del sofá, pero cuando miró por la ventana su corazón dio un peligroso vuelco.

Tom estaba en el porche, más guapo de lo que era decente en un hombre. Llevaba los proverbiales vaqueros, una camisa de cuadros remangada y el pelo húmedo de la ducha.

Solo con verlo allí, tan seguro de sí mismo, tan alto, tan fuerte, se sentía mejor. Tom Hunnicutt le daba más tranquilidad que una bandeja de galletas.

Cuando no pudo más, abrió la puerta. Pero no dijo nada, simplemente se quedó mirándolo.

–Hola –dijo él, incómodo.

–Hola.

–¿Estás bien?

–Como un globo, pero bien.

–¿Qué haces?

–Gestando.

–Ah.

–Es lo único que puedo hacer.

–Pensé que no podías engordar más, pero veo que me he equivocado.

–Muchas gracias. ¿Qué haces aquí? Te dije que no quería hablar contigo.

La niña le dio una patada entonces, como ofendida por tanta mentira.

–¿Puedo entrar?

Ryanne abrió la puerta del todo invitándolo a entrar. Tom miró alrededor y comentó lo limpia que estaba la casa, pero ella no dijo nada. Se limitó a ofrecerle un refresco y se sentó tan lejos de él como pudo.

—Tengo un saco de dormir en la furgoneta.

—¿Te vas? —preguntó Ryanne, intentando aparentar despreocupación.

Pero la idea de que Tom se fuera a alguna parte la llenaba de angustia.

—No, me quedo —contestó él.

—¿Cómo que te quedas?

—Birdie me pidió que te hiciera compañía. Por si acaso.

—Ah, ya veo. ¿Tú crees que dormir bajo el mismo techo variará las apuestas?

—¿Cómo?

—Lo de la porra, ya sabes.

—¿Qué porra?

—No me digas que no sabes lo de las apuestas.

—¿De qué estás hablando?

Ryanne le contó la historia, con los brazos cruzados sobre el vientre.

—¿Por eso estás escondida aquí? —rio Tom.

—No estoy escondida. Es que tenía muchas cosas que limpiar.

—¿Te has negado a hablar conmigo por lo de la porra? —exclamó él entonces, indignado.

—Sí. Pero también había otras razones.

Muchas. Como, por ejemplo, su voz, su cara, su estatura. Como por ejemplo, no desear algo que no podía tener.

—Esta es la primera vez que oigo hablar de esa porra.

—¿De verdad?

—Yo no te mentiría.

—No sé, no sé —murmuró Ryanne, con ganas de llorar y de reír al mismo tiempo.

—En serio, tonta. Yo no sabía nada.

Por fin, ella dejó escapar un suspiro de alivio.

—No sabes cómo me alegro de que estés aquí.

—¿Eso significa que puedo quedarme?

—Mientras no te acerques demasiado...

Tom ayudó a Ryanne a comerse el resto de las galletas y después insistió en hacerle un sándwich de queso.

Mientras lo hacía, charlaron en la cocina. Él le contó sus planes para el rancho, cómo iba a construir la cabaña, qué caballos quería comprar...

—Por ahora, el rancho Hunnicutt solo existe en mi cabeza, pero estoy empezando a pensar que puedo hacerlo realidad.

—Claro que puedes —sonrió ella.

Estaba deseando tocarla. Tanto que tuvo que salir al porche. Cuando volvió, llevaba el saco de dormir y un plano, que extendió sobre la mesa.

—Aquí está —dijo, orgulloso—. El granero, el establo... y esta es la casa. ¿Qué te parece?

—Preciosa.

¿Lo suficientemente preciosa como para ser su

hogar? Esa era la pregunta que quería hacerle. Y la haría. En cuanto tuviera oportunidad.

–¿Qué piensa Junior de todo esto? –preguntó Ryanne, mientras se terminaba el sándwich–. ¿Vas a seguir trabajando en la tienda?

–Ya conoces a mi padre. Solo quiere que sea feliz y, además, ya no me necesita. ¿Sabes que va a casarse con Letha?

–Eso es genial. ¿Cuándo?

–En cuanto puedan. Quieren una boda por todo lo alto y piensan pedirle a Birdie que se encargue del banquete.

–Uy, ella encantada.

–Algunos se preguntarán si vamos a hacer una ceremonia doble –dijo entonces Tom, como de broma. Aunque no era una broma en absoluto.

–Sí, seguro –murmuró Ryanne, dejando el plato en el fregadero.

Cuando volvían al salón, Tom se percató de que iba dándose un masaje en la espalda.

–¿Te duele?

–Un poco. Últimamente, todos los días.

–¿Quieres que te dé un masaje?

–Pues... no sé si es buena idea.

Pero cuando empezó a darle el masaje, Ryanne dejó de protestar.

Suspirando, cerró los ojos y dejó caer la cabeza. Tenía una espalda tan sexy que Tom tuvo que hacer un esfuerzo para no abrazarla.

–Qué bien.

Demasiado bien, pensó él. No estaba nada relajado. De hecho, no creía haber estado tan tenso en toda su vida. Necesitaba besarla otra vez, lenta, suavemente, con toda su alma. Tenía que experimentar aquello de nuevo y probar que había sido tan increíble como lo recordaba.

Sin poder evitarlo, enterró la cara en su pelo. Olía a melocotones.

–Ryanne... te quiero.

Su silencio le dijo que había hablado demasiado. Ella no estaba preparada para oír esas palabras. Tenía miedo.

No... Estaba roncando. El inconfundible sonido casi le hizo soltar una carcajada. Pobrecita, debía de estar agotada.

Tom la tomó en brazos para llevarla al dormitorio. Durante mucho tiempo estuvo sentado en un sillón, mirando su cara a la luz de la luna, observándola dormir. Se alegraba de que el destino la hubiera llevado a su vida.

Y antes de quedarse dormido tuvo un pensamiento hermoso: la cara de Ryanne sería lo primero que viera cada mañana al despertarse.

Ryanne se despertó a la una de la madrugada, sintiendo un terrible dolor en el abdomen. No parecía una contracción falsa; era diferente. Empezaba en los riñones y se extendía... por todas partes. Era como un puño que la apretase por dentro.

Desorientada, miró alrededor. Cuando vio a Tom recordó que se había quedado medio dormida mientras le daba un masaje. Y él, tan caballeroso como siempre, la llevó a la cama.

Nerviosa, miró el despertador. A la una y diez volvió a sentir otra contracción. Al principio suave, pero creciendo hasta que tuvo que morderse los labios para no llorar.

Muy bien. El doctor Scott le había dicho que esa era la señal. No podía asustarse. Esperaría. Pasaron diez minutos y volvió a sentir el dolor.

Cuando terminó, Ryanne respiró profundamente, asustada. Iba a tener a su hija. Como el doctor Scott le había dicho, lo sabía. Sabía que era el momento.

Su Pavlova estaba a punto de llegar al mundo.

–Tom.

Él se despertó, desorientado.

–¿Qué? ¿Qué pasa?

–Es la hora.

–¿La hora de qué?

–De ir al hospital –contestó Ryanne, levantándose de la cama para buscar su maleta.

Cuando se volvió, Tom la miraba con la expresión de un hombre que acaba de encontrar una granada de mano en el bolsillo.

–¿Te importa arrancar la furgoneta?

Él se pasó una mano por el pelo.

–Sí, claro. ¿Estás segura?

Ella asintió, mientras comprobaba si lo tenía todo. Entonces empezó a sentir otra contracción. El doctor Scott le había recomendado que no viera las contracciones como un dolor, pero si aquello no era dolor...

–Tom, la furgoneta...

–La furgoneta –repitió él, como si no entendiera lo que estaba diciendo.

–No te preocupes, Ryanne. Llegaremos al hospital enseguida –dijo Tom, poniendo el intermitente para adelantar a un coche que iba a veinte kilómetros por hora.

–No pasa nada. Estoy bien –murmuró ella, con los labios apretados.

Las contracciones llegaban cada cinco minutos y lo único que podía hacer era concentrarse y respirar. Pero cuando terminaban, tenía ganas de echarse a llorar.

–¿Seguro que estás bien?

–Estoy intentando decidir si desmayarme o vomitar, pero por lo demás estoy bien –replicó Ryanne.

Y nada crispada, pensó Tom.

Desde que salieron de Brushy Creek, su único propósito en la vida había sido llegar al hospital de una pieza y dejar a Ryanne en manos de alguien que supiera lo que debía hacer. Porque él no tenía ni idea.

Conducía como un poseso, recordando las imágenes de partos que había visto en las películas: agua caliente, toallas, tijeras, gritos...

«Yo no sé nada de partos, señorita Escarlata».

En las películas siempre había muchos gritos. Y, a veces, las madres se morían. Tom miró a Ryanne de reojo. Ella no estaba gritando y parecía muy viva.

–Cálmate. Llegaremos a tiempo –le prometió.

«Por Dios, que lleguemos a tiempo», iba rezando mentalmente.

–Lo sé –murmuró ella. Pero el vaquero estaba de los nervios y eso la preocupaba.

–Relájate. Respira o algo –dijo Tom, encendiendo la radio–. Ya falta poco.

–Eso es lo que me temo... ¡Ay!

Tom pasó del miedo y fue directamente al pánico.

–¿Otra vez?

«Por favor, que no se ponga de parto en la autopista. Que no se ponga de parto en medio de la autopista».

–Ahora son cada cuatro minutos.

–Entonces, no pasa nada ¿no? Falta mucho para que nazca el niño, ¿verdad?

–Sí. Supongo que falta un rato.

–Me alegro.

Se suponía que debía ser Birdie, la roca, quien estuviera con Ryanne en ese momento. No él, que era un gallina.

–Sí, yo también me alegro. Estoy que me parto de risa.

–No quería decir eso.

–Ya –murmuró ella, respirando profundamente–. ¿Te he dado las gracias?

–¿Por qué?

–No quería meterte en esto. Pero como Birdie no está...

–No pasa nada.

Las luces de Claremore aparecieron entonces en

la distancia y solo entonces estuvo seguro de que llegarían al hospital a tiempo.

En ese momento sonaba una canción en la radio y, de repente, la expresión de Ryanne se volvió... muy parecida a la de la niña de *El exorcista*.

—¡Será cerdo! ¡Cómo puede ser tan canalla, tan traidor...!

Tom se quedó atónito.

—¿De qué estás hablando?

—¡Calla! —exclamó Ryanne, subiendo el volumen. Era Matt Clancy, cantando una canción sobre una mujer abandonada—. ¡Esa canción es mía! ¡Me la ha robado!

—¿Matt Clancy?

—No, él no. Tiene que haber sido Josh.

Al final de la canción, el locutor la presentó como *Marcada* y predijo que sería un éxito.

—¡Ese tunante, ese bellaco!

—¿Te importa explicarme de qué hablas?

—Yo escribí *Marcada*. Y Josh ni siquiera ha tenido la decencia de cambiar una nota...

—¿Crees que tu ex marido vendió la canción?

—¿Quién si no? ¿Qué voy a hacer?

—Ahora mismo, tener un niño. Ya hablaremos de lo otro más tarde.

—¡Lo mato...! ¡Ay!

—Ya hemos llegado —dijo Tom, cuando vio las luces del hospital.

La canción, su ex marido y todo lo demás se olvidó entonces. Cuando él abrió la puerta de la furgoneta para ayudarla a salir, Ryanne notó que le caía un líquido entre las piernas.

–He roto aguas.

–¿Y ahora qué hacemos? ¿Puedes andar?

–Voy a tener un niño.

–¿Es que lo dudabas?

Ella sonrió.

–Sigo sin poder creerlo. Entraré sola en el hospital, pero cuando salga tendré a mi hija. Mi vida nunca será la misma. Todo va a cambiar a partir de ahora porque seré responsable de un ser humano...

–¡Ryanne, por Dios! ¿Qué hago? –la interrumpió Tom, histérico.

Le encantaba oír esas cosas tan bonitas, pero no era el momento.

–Ya voy, ya voy.

–Si no te importa, preferiría que tuvieras al niño dentro del hospital y no aquí, en el aparcamiento.

Unos minutos después, las enfermeras se encargaban de Ryanne mientras él iba al mostrador de Recepción. Les estaba explicando por enésima vez que pagaría todos los gastos en efectivo cuando una enfermera lo tomó del brazo.

–Venga conmigo. Su mujer ha dilatado ocho centímetros y el niño está a punto de nacer.

–Pero yo no...

–Tendremos suerte si el doctor Scott llega a tiempo.

–Pero oiga...

–No se preocupe. Su mujer lo hará muy bien, pero necesita ayuda.

–Pero yo no...

–Póngase esta bata –lo interrumpió la enfermera, desapareciendo por una puerta.

Unos minutos después, Tom asomó la cabeza por esa misma puerta y fue acosado inmediatamente por la enfermera que, por lo visto, se llamaba Carole.

—Ah, por fin. Pensé que nos íbamos de fiesta sin usted —dijo, llevándolo hacia una cama en la que Ryanne estaba conectada a una especie de monitor—. Vamos, pase —insistió Carole—. Su mujer no se ha metido en esto sola y no debería tener que dar a luz ella solita.

Tom consideró la idea de tomarla por los hombros y explicarle que Ryanne no era su mujer. Pero cuando la miró, tan vulnerable, tan pequeña, respirando como un perrito... Lo necesitaba, él era lo único que tenía en aquel momento.

—Hola, chiquitaja —dijo, tomando su mano—. Todos parecen pensar que...

—Se lo he dicho yo para que pudieras quedarte. No puedo hacerlo sola. Me da miedo.

—Pues anda que a mí...

—Quédate, por favor.

—Claro que sí —sonrió Tom, apretando su mano. La enfermera le enseñó a controlar la respiración y el tiempo que duraban las contracciones. Además, era el encargado de darle hielo y de secarle el sudor con una toalla.

Poco después llegó el doctor Scott y comprobó que Ryanne había dilatado del todo.

—¿Quieres una epidural? Estás a tiempo.

—¿Usted qué cree? —preguntó ella.

—Es lo mejor para el niño y para ti. No hay por qué sufrir más de lo necesario.

–Pues entonces, póngame la inyección.

–Estupendo. Yo me siento más tranquilo cuando mis pacientes no sufren.

Mientras la preparaban, Tom miraba el monitor. El corazón del feto se movía furiosamente.

–Tengo que empujar –dijo Ryanne unos minutos después.

–Espera un momento. No empujes todavía.

–Pero es que... tengo que hacerlo.

–No, Ryanne –insistió el doctor Scott–. Aún no puedes empujar. Respira profundamente... No te pongas tensa, respira.

–¡Quiero empujar! –gritó ella, dándole un golpe a Tom–. ¡Díselo tú! ¡Dile que tengo que empujar!

–Creo que deberías escuchar al doctor Scott –murmuró él, sin saber qué decir.

–¡Sois idiotas los dos! ¡No tenéis ni idea! Enfermera, dígales que tengo que empujar.

–El doctor Scott tiene razón, cariño. Debes esperar un poquitín más.

Ryanne apoyó la cabeza en la almohada, agotada.

–Muy bien, Ryanne. Quiero que empujes durante la próxima contracción.

Ella lo fulminó con la mirada.

–No se preocupe. Empujaré.

Cuando llegó la contracción empujó, poniéndose como un tomate, apretando los labios y cerrando los ojos. Aunque la epidural eliminaba parte del dolor, el esfuerzo era tremendo.

Y, sin embargo, para Tom estaba más guapa que nunca.

Dos minutos después, durante una nueva contracción, volvió a empujar. Y otra vez. Y otra vez.

Tom no podía soportarlo. Estaba agotado. Le dolía la espalda, le dolía el brazo y tenía la boca seca. Afortunadamente, él llevaba la mejor parte.

—Ya casi está. Ahora, un empujón fuerte —dijo el doctor Scott.

—No puedo —sollozó Ryanne.

—Claro que puedes —dijeron todos a la vez.

—No, no puedo.

—Prepárate, aquí viene.

—¡No! Estoy cansada, no puedo más...

Tom acarició su cara, con toda la ternura del mundo.

—Puedes hacerlo, chiquitaja. Quieres ver a tu niña, ¿no? Venga, cielo.

Ryanne abrió los ojos y lo miró, suplicante.

—Por favor...

Él apretó su mano. Amaba a aquella mujer y sería fuerte costase lo que costase.

—Cuando el doctor te lo diga, quiero que empujes.

—No puedo.

—Sí puedes. Tú puedes hacer cualquier cosa —sonrió Tom. La amaba tanto que le habría gustado compartir su dolor—. Venga, cariño. Empuja una vez más.

Estaba deshecha. Llevaba horas, días, toda su vida empujando. No podía recordar cuándo había hecho otra cosa. No tenía pasado, no tenía futuro.

Solo aquel momento de dolor, aquel tormento que la devoraba.

Entonces sintió otra contracción. La definitiva, estaba segura. Entonces dejó de oír la vòz del médico... porque oyó a su hija. Era como si le dijera: «mamá, solo otra vez».

Ryanne empujó de nuevo con todas sus fuerzas. Pronto estarían juntas. Un empujón más y... de repente oyó el llanto de un bebé, un llanto que había imaginado durante nueve meses.

Emocionada, apretó la mano de Tom y cuando volvió la cara vio que estaba llorando.

A ella no le quedaban lágrimas. Era demasiado feliz.

—¡Una niña! —exclamó el doctor Scott—. Tom, ¿quieres cortar el cordón umbilical?

Capítulo 11

RYANNE se despertó, sintiendo una alegría que no había sentido jamás. La luz del sol entraba a través de las cortinas, bañando la habitación con una luz dorada y Tom estaba sentado en el sofá, con un bulto rosa en los brazos, tarareando torpemente una nana mientras la niña movía las manitas, medio dormida. No eran de la misma sangre, pero Ryanne sabía que entre su hija y el vaquero siempre habría un lazo inquebrantable.

Estaba tan abrumada de amor que no sabía qué pensar. El amor que sentía por su hija era lógico, pero los sentimientos que despertaba el hombre que la había ayudado a traerla al mundo eran mucho más complicados.

La noche anterior fingió estar dormida cuando él susurró una declaración de amor. Y mientras la llevaba a la cama, tuvo que contener unas lágrimas que la habrían traicionado.

Lo había sabido antes de que lo dijera, cuando le mostró el plano de su casa. Un hombre soltero no necesita cuatro dormitorios. No estaba construyendo una casa para él solo, sino para una familia.

La alegría que sentía por el nacimiento de su

hija fue atemperada entonces por una profunda tristeza. Aunque Tom le importaba mucho, no podía aceptar lo que le ofrecía.

Tom estaba fascinado por aquella cosita que arrugaba la cara cuando dormía y movía los labios como si estuviera hablando sola. Acababan de conocerse, pero ya se le había metido en el corazón.

–¿Cuánto tiempo llevo dormida? –preguntó Ryanne, sentándose en la cama.

–Un par de horas –contestó Tom, levantándose–. ¿Preparada para ver a tu niña?

Ella alargó los brazos.

–¿Desde cuándo la tienes?

–Desde hace una hora.

Cuando la enfermera entró y vio que Ryanne estaba dormida automáticamente depositó a la niña en sus brazos. Tom estuvo a punto de protestar, pero se alegraba de no haberlo hecho.

–Es preciosa, ¿verdad?

–Se parece a ti. Ah, por cierto, he hablado con Birdie. Se ha puesto a gritar porque, según ella, no deberías haber dado a luz todavía.

–Ya se le pasará.

–Vendrá esta noche. Está deseando conocer a su nieta.

Ryanne abrió la manta para ver a su hija y le acarició los brazos, las piernas, las manitas. Tocó las uñas de los pies, tan diminutas, tan perfectas...

–No me puedo creer que ya esté aquí –murmuró, besando su cabecita.

–¿Cómo vas a llamarla?

Tom ya estaba loco por ella y necesitaba ponerle un nombre.

–¿Qué te parece Hannah Rose?

–Me gusta. Le pega mucho.

–Es un nombre con personalidad. Yo creo que le hace justicia.

Él no tenía ninguna duda. Ryanne no sabía lo fuerte que era. Y su hija sería igual que ella.

–Gracias por dejarme estar contigo en el parto.

–No podría haberlo hecho sin ti.

–Claro que sí –sonrió Tom.

Durante el parto, supo que no había límites para lo que podía hacer. Se había portado con mucha valentía a pesar del dolor. Y él la amó como nunca creyó amar a nadie.

–Pero yo quería que estuvieras a mi lado. Tu amistad es muy importante para mí.

–Ryanne...

–La noche de los fuegos artificiales me pasé. Solo fue un beso, nada más.

–Te equivocas. Para mí fue muy importante –dijo él. Era el momento, no podía esperar. Tom tomó su mano, nervioso–. Te quiero, Ryanne. Quiero pasar el resto de mi vida contigo.

–Tom...

–Cásate conmigo. Puedes seguir en el mundo de la música, escribir, cantar... Yo te apoyaré en todo. El rancho puede esperar hasta que consigas grabar un disco. Yo puedo trabajar en la tienda, llevarte a las audiciones...

–Tom, escucha.

Pero él no podía escuchar. Tenía que decírselo.

–Quiero criar a Hannah contigo. Quiero ser su padre y verla crecer. Quiero estar con las dos para siempre.

–Por favor...

–Nos hemos encontrado por una razón, Ryanne. Sé que a ti te parece demasiado pronto, pero no quiero esperar. Te quiero en mi vida.

Aquella proposición le llegó al alma. La oferta era muy tentadora. Estaba cansada de luchar sola y sería muy fácil dejar que Tom se ocupase de ella, dejar que la quisiera, que la mimara, que la ayudase a criar a su hija.

Cuando llegó a Brushy Creek pensó que había tocado fondo, pero Tom Hunnicutt estaba allí para rescatarla. Siempre estaba rescatándola.

Quizá lo que él creía amor no era más que su deseo de protegerla. A ella y a Hannah.

Era un buen hombre y le importaba mucho. Sería fácil depender de alguien así, poner todos los problemas en sus manos.

Sería fácil, pero también un error.

–Lo siento, Tom. No puedo casarme contigo.

–¿Por qué no?

–Porque nunca sabría si me caso contigo por amor o por seguridad. No sería justo para ti. Te mereces a alguien que no tenga responsabilidades, que no tenga dudas.

–No tomes la decisión ahora, Ryanne. Piénsalo, por favor. Podemos volver a hablar de ello dentro de unos días, cuando vuelvas a casa...

–No cambiaré de opinión.

Cuando lo miró a los ojos vio que Tom estaba herido. No había querido hacerle daño, pero debía ser firme. Si no era así, acabaría derrumbándose y aceptando lo que le ofrecía.

Y entonces no lo sabría nunca.

Ryanne apretó a Hannah contra su corazón. Tenía que ser fuerte para su hija. Labrarse un porvenir, elegir por sí misma.

Dejar de apoyarse en Tom Hunnicutt.

—Pero hemos compartido tantas cosas... Yo pensé que significaba algo para ti.

—Y así es. Pero apenas nos conocemos. Yo no tenía un céntimo, estaba embarazada, sola... Y allí estabas tú, tan fuerte, tan generoso. Una relación que empieza durante una crisis no dura una vez que las cosas vuelven a la normalidad. Y nosotros ni siquiera sabemos qué es normal.

—Empezaremos de nuevo, Ryanne. Ahora mismo.

—Necesito tiempo, Tom. No estoy preparada.

Él se quedó callado durante unos segundos.

—De acuerdo. Entonces, supongo que no hay nada más que decir.

—¡Tom! —lo llamó Ryanne. Quería que entendiera. Tenía que ser parte de su vida. No podía perderlo—. Seguimos siendo amigos, ¿verdad?

—Yo no quiero ser solo tu amigo. Te quiero.

Ella hubiera querido decir que lo quería, pero eso solo complicaría una situación de por sí complicada.

—Yo no quería hacerte daño, pero...

—Quiero ser tu marido, tu amante. Quiero ser el

padre de Hannah. Ser tu amigo... no sería suficiente.

Su expresión cambió entonces, como si acabara
de resolver un problema. Tom se acercó a la cama,
tomó su cara entre las manos y la besó. Un beso
profundo, de hombre, que la dejó sin aliento.

Después besó la carita de la niña.

–Voy a hacerte cambiar de opinión, Ryanne.

–Pero...

–Me voy a Nevada para ver unos caballos, pero
volveré. Y mientras estoy fuera quiero que pienses
en mí. En esto...

Tom volvió a besarla de nuevo, aquella vez con
más pasión, exigiendo que le devolviera el beso.

Y ella lo hizo. Con total abandono.

–Piensa en mí, cariño.

Ryanne empezó a echarlo de menos incluso antes de que saliera de la habitación. ¿Cómo podría
no pensar en él?

Según Birdie, era una madre magnífica. Y
Ryanne había descubierto que ser mamá era lo más
gratificante del mundo. Unos días después de que
Hannah naciera, supo que ella no era como su madre.

Nunca habría esperado ser tan competente ni
tampoco que podría amar a alguien con tal devoción.

Y todos los que iban a verla estaban de acuerdo
en que Hannah Rose Rieger era la niña más guapa
del mundo.

Dormía de maravilla en la cunita antigua con dosel de lino blanco. La cuna estaba en la casa cuando volvieron del hospital. En ella, una nota de Tom que decía simplemente: *Felices sueños*.

Cada vez que pensaba en él, y lo hacía todos los días, esperaba no haber cometido un grave error rechazando su proposición de matrimonio.

Cuantos más días pasaban, más lo echaba de menos. Y, de repente, en un pueblo en el que todo el mundo lo sabía todo de los demás, nadie sabía nada de Tom Hunnicutt. Ryanne tenía la impresión de que era un complot.

Intentó sacarle información a Junior, pero ni siquiera el pastel de mora desató su lengua. Solo le dijo que su hijo volvería a Brushy Creek en agosto porque iba a ser el padrino de su boda.

Saber que Tom volvería unas semanas más tarde, hizo que Ryanne decidiera dejar de ser un saco de patatas. Empezó a controlar su dieta y caminaba todos los días varios kilómetros para recuperar la figura.

Kasey Tench dio una fiesta para celebrar el nacimiento de Hannah y muchas de sus antiguas compañeras de instituto le llevaron regalos. Gracias al calor de aquella gente ya no se sentía sola y tenía todo lo que necesitaba.

Todo excepto un padre para su hija.

Poco después, Gordon Pryor la llamó para decir que habían localizado a su ex marido en Texas, pero que no pudieron hacerle firmar los papeles.

Ryanne no le contó lo del plagio. Ni siquiera se lo contó a Birdie. No le debía nada a Josh Bryan, pero no quería demandarlo porque era el padre de su hija y, hasta que no renunciara a la patria potestad, seguiría siéndolo.

Se puso furiosa cuando escuchó *Marcada* en la radio. Había trabajado tanto, sacrificado tantas cosas por una oportunidad... Le entristecía pensar que el hombre al que había amado una vez podía ser tan sinvergüenza.

Pero la furia había desaparecido porque tenía mejores cosas que hacer Tenía una hija, un pueblo lleno de gente que la apreciaba y un posible futuro con un hombre que estaba enamorado de ella.

Solo podía sentir pena por Josh, sabiendo lo desesperado que debía de estar para vender una canción que no era suya y poner así en peligro su reputación.

A mediados de agosto, Tammy tuvo que dejar el café y Ryanne consiguió convencer a Birdie para que la dejase trabajar. Tenía que cuidar de Hannah, pero también quería aportar algo y no depender de nadie.

La niña dormía en su moisés mientras ella servía mesas y tenerla tan cerca le daba seguridad. Era curioso lo poco importante que le parecía el pasado cuando el presente era tan bonito. Había dejado de ser la cría insegura para quien el éxito consistía en tener dinero y fama porque cada vez que miraba la carita de su hija sabía que había encontrado su verdadera fortuna.

Todo lo demás no importaba nada.

Una noche, cuando el último cliente había salido del café, Ryanne oyó la campanita de la puerta pero siguió haciendo caja.

–Lo siento, hemos cerrado.

–Hola, Ryanne.

Aquella voz masculina hizo que levantara la cabeza, sorprendida.

–¡Josh! ¿Qué haces aquí?

–Tenemos que hablar.

–¿Quieres un café? –le preguntó ella, nerviosa.

–¿Tienes algo más fuerte?

–Solo whisky.

–Eso me vale.

Ryanne le sirvió un vaso y tomó el moisés de la niña con gesto protector.

–¿Qué haces aquí, Josh?

–Quería asegurarme de que el niño era mío.

–Es una niña. ¿Quieres verla?

–Prefiero no hacerlo.

Ella supo entonces que debía librarse de aquel hombre. Tenía que deshacerse de Josh para que Hannah nunca sintiera su rechazo.

–¿Tienes los papeles?

Josh sacó unos papeles del bolsillo.

–No pensé que me lo dirías así. A través de un abogado.

–¿Y cómo me dijiste tú a mí lo del divorcio? Y, por cierto, cuando oí la canción de Matt Clancy en la radio no me hizo ninguna gracia. Lo que yo he hecho es legal, lo que tú has hecho no.

Los ojos de su ex marido se oscurecieron.

–Sé que fue un error, pero la usé para abrirme puertas... ya sabes cómo son estas cosas. Clancy me ha ofrecido un puesto en su banda.

–¿Y qué diría si supiera la verdad?

–Por eso he venido –dijo él entonces, sacando otro papel–. Si tú me firmas esto, yo te firmo lo otro.

–¿De qué estás hablando?

Ryanne estaba perdiendo la paciencia. Aquel hombre había sido su marido y era el padre de su hija, pero le parecía un extraño.

–Tú aceptas cederme los derechos de la canción y yo firmo la renuncia a la patria potestad. Pero también tienes que firmar esto.

–¿Qué es?

–Una declaración por la que no puedes contarle a nadie que tengo un hijo.

–Es una hija. Y se llama Hannah Rose.

–Lo que sea.

–A ver si lo entiendo. ¿Estás dispuesto a sacrificar a tu hija para mejorar tu carrera?

–No lo digas así...

–¿Y cómo quieres que lo diga?

–Bueno, da igual. ¿Vas a firmar o no?

–Si firmo, te alejarás de mi vida y de la vida de Hannah para siempre.

–Por supuesto.

Ryanne sacó un bolígrafo del bolsillo y firmó el papel.

–Ya está.

–¿No quieres leerlo?

–Confío en ti, Josh. Tú no me engañarías nunca, ¿verdad?

Él hizo una mueca, pero no contestó. Se limitó a firmar el papel.

–Entonces, ya está.

–Sí. Y espero que Clancy gane un Grammy con «tu» canción.

–No te pongas así. Puedo ayudarte. Eres muy buena y puedo vender tus canciones…

–Sí, desde luego –lo interrumpió Ryanne–. Pero no, gracias. Prefiero hacer las cosas a mi modo.

Lo único que le preocupaba en ese momento era qué le diría a su hija cuando le preguntase por qué su padre no la había querido. Pero tenía unos años para pensarlo.

–¿Seguro que no?

–Seguro. Yo he conseguido la mejor parte de este trato. No sabes lo que te pierdes, Josh.

Él la miró con expresión triste.

–Sí, lo sé. Sé perfectamente lo que me pierdo.

Cuando Ryanne salió del despacho de su abogado se sentía libre, sin ataduras de ningún tipo. El pasado quedaba atrás y podía concentrarse en el futuro.

Las cosas empezaban a salir bien. Muy bien.

Además de la felicidad que le proporcionaba su hija, había escrito varias nanas que envió a un productor de Tulsa y este había accedido a representarla. Según él, las canciones podrían incluirse en un disco que estaban a punto de grabar.

Junior y Letha la invitaron a cantar en su boda y Birdie sugirió que diera clases de violín. Sin haber puesto el anuncio siquiera ya tenía dos alumnos.

Sí, la vida era maravillosa. Y lo estaba haciendo

todo por sí misma, sin la ayuda de Tom. Pero lo echaba de menos... Cuánto lo echaba de menos.

No podía olvidar sus besos en el hospital y aquel recuerdo la volvía loca. Cada vez que tenía un pequeño éxito deseaba compartirlo con él. Pero sobre todo quería estar a su lado, mirarlo a los ojos, tocarlo... sabiendo que algún día estaría en sus brazos, que harían el amor.

Quería hacer el amor con una suave brisa moviendo las cortinas de su dormitorio. Quería ver crecer a sus hijos...

Quería algo que podía tener.

Capítulo 12

TOM LLEGÓ a Brushy Creek el día de la boda. Había comprado varios caballos de raza, estupendos para el rodeo. Y el criador, un profesional de Fort Worth, quedó tan contento que le ofreció un puesto de trabajo fijo.

Que Tom rechazó.

No podía estar yendo de un sitio para otro. Tenía planes en Brushy Creek. Tenía que construir una casa, tenía que empezar un negocio... tenía que vivir.

Si lo que su padre le dijo era cierto y Ryanne contaba los días con ansiedad, también había conseguido su principal objetivo. Pero le costó un mundo esperar.

Aquel día, en el hospital, cuando ella le dijo que no lo quería pensó que iba a morirse. ¿Cómo podía no quererlo cuando él la quería tanto? ¿Cómo podía no desearlo cuando ella era lo único que deseaba?

Pero tenía que darle tiempo. No quería cometer otro error como el que cometió con Mariclare.

Había sido un loco por pretender que ella le diera una respuesta solo unas horas después de haber tenido una hija. No era el momento, no era el sitio. Había sido injusto por su parte esperar que tomara una decisión tan importante en esas circunstancias.

Por eso se fue. Y, por una vez en la vida, había hecho lo que debía hacer.

—¿Vamos a tener otra boda pronto? —le preguntó su padre mientras estaban vistiéndose.

—Eso espero, papá.

Su trabajo consistía en guardar los anillos y llevar al novio ante el altar a la hora prevista. Pero estaba tan nervioso por ver a Ryanne que no sabía lo que hacía.

Cuando llegaron a la iglesia, ella estaba cantando...

Debía ser Ryanne, pero había cambiado tanto que parecía otra persona. Ya no era la niña con forma de pera, sino una belleza, una mujer tan sensual que a Tom se le hizo un nudo en la garganta.

Llevaba un sencillo vestido de color verde esmeralda, como sus ojos. Y bajo ese vestido había curvas nuevas para él. Era una diosa.

Estaba cantando *Love me tender*, de Elvis Presley, y lo hacía con emoción auténtica. Una emoción que también embargó a los invitados.

En ese momento, Ryanne lo miró. Como buena profesional que era, no perdió una sola nota, pero Tom vio que sus ojos brillaban de otra forma.

Y entonces lo supo.

Había hecho bien dejándola sola, dándole tiempo para tomar una decisión. Ryanne Rieger era toda una mujer. Por dentro y por fuera.

Y lo único que él quería era ofrecerle un futuro.

Cuando terminó la canción, se sentó en el primer banco al lado de Birdie, que tenía a Hannah en brazos.

Tom salió entonces del trance en el que parecía estar sumido y caminó con su padre hacia el altar mientras sonaban los acordes de la marcha nupcial.

Más tarde, en el banquete, Ryanne atrapó el ramo de la novia sin querer. Desde luego, Letha no podía habérselo tirado más directamente ni con un radar.

Tom la estaba mirando con una sonrisa en los labios. ¿Cómo podía un vaquero estar tan guapo en esmoquin?

¿Y a qué estaba esperando? ¿Por qué no hablaba con ella?

Cuando la orquesta empezó a tocar por fin se acercó y, haciendo una exagerada reverencia, la invitó a bailar.

—¿Has pensado en mí? —le preguntó sin preámbulo alguno.

—Un par de veces —contestó Ryanne—. Cuando tenía tiempo.

—Sí, me han dicho que has estado muy ocupada. ¿Te quedará algún minuto libre?

Ella soltó una carcajada.

—Depende para qué.

—Para salir conmigo.

—¿Ah, sí? ¿En calidad de qué?

—De amigo, no.

—¿Entonces, qué eres?

—Por ahora, tu pretendiente más fiel. Y no pienso abandonar hasta que me digas que sí.

Ryanne dejó escapar un suspiro.

–Supongo que sería absurdo seguir luchando.

–No te rindas tan fácilmente. Pienso cortejarte.

–¿Cortejarme? ¿Se sigue cortejando a la gente?

–Sí. Pienso enviarte de todo, flores, bombones, globos... hasta alguna poesía.

–¿Poesía? Vas muy en serio, ¿eh, vaquero?

Tom se inclinó para decirle algo al oído:

–Tengo otras ideas que te volverán loca.

Ryanne sintió un escalofrío. La proximidad del hombre la hacía desear... algo que llevaba mucho tiempo deseando.

–¿Qué clase de ideas? –preguntó, siguiendo la broma.

Él la apretó contra su pecho.

–Algo como esto.

Y entonces la besó, delante de todo el mundo, con un beso de hombre, cálido, apasionado, urgente.

Y Ryanne supo que su vida con Tom Hunnicutt sería una vida apasionada.

–Te quiero con toda mi alma. Quiero que te cases conmigo y que no nos separemos nunca. Si lo haces, te juro que haré todo lo posible para hacerte feliz. A ti y a Hannah.

Ryanne sonrió.

–Yo también te quiero.

–Podemos ir despacio, si te parece...

–¡No!

No quería esperar. Llevaba un mes esperando y no podía más. Estaba deseando casarse con su vaquero, vivir con él, compartir a Hannah con aquel hombre bueno.

No tenía más dudas. Lo amaba. Con su recién encontrada madurez había descubierto que el amor llega cuando tiene que llegar.

Y había llegado para ella.

Bianca®...
la seducción y fascinación del romance

No te pierdas las emociones que te brindan los títulos de Harlequin® Bianca®.

¡Pídelos ya! Y recibe un descuento especial por la orden de dos o más títulos.

Cuando Jena llegó a Kareela dos sema-
nas antes de Navidad, tenía un solo objetivo: conseguir que su jefe la dejara dirigir aquel nuevo programa de televisión. Pero antes tendría que sobrevivir al
rodaje de un documental sobre el hospital de la ciudad... y al tentador doctor Noah Blacklock.
    Ella no tenía la menor intención de
comenzar una relación en aquellos momentos; por
su parte, se suponía que Noah seguía estando prometido, por lo que tampoco estaba interesado en
conocer a nadie. Pero Jena era
tan bella...

A la luz de la luna

Meredith Webber

Hope Sumner estaba acostumbrada a que todo el mundo intentara encontrarle novio, especialmente en Navidad. Esa vez eran sus propias hermanas las que habían decidido buscarle pareja y habían elegido a un guapísimo adicto al trabajo que necesitaba una acompañante para sus múltiples compromisos... bueno, ella estaba en la misma situación.

El abogado Sam Sharkey necesitaba alguien a quien pudiera llevar a la fiesta de Navidad de su jefe y que después no fuera a esperar ningún tipo de compromiso. Hope era la persona ideal, además era preciosa e inteligente. Aquello podía funcionar... muy, muy bien.

Nadie sospechó que aquel apasionado romance no fuera real, especialmente cuando su amabilidad empezó a convertirse en deseo.

PÍDELO EN TU PUNTO DE VENTA